華麗島志奇

日影丈吉——著

高詹燦——譯

目錄

推薦序

妖豔燭光下的戰爭記憶

瀟湘神／小說家

「華麗島」是座怎樣的島？這座島又在何處？要是不熟悉文學史，或許不曉得「華麗島」就是臺灣。日治晚期，挾持臺灣文壇的詩人西川滿，就是以「華麗島」稱呼這塊南方島嶼。讀者是怎麼想的呢？「華麗島」二字喚起的光輝、璀璨、熱情，是否吻合各位對「臺灣」的想像？無論如何，至少在西川滿的世界，臺灣如夢、如詩，毫無疑問是「華麗之島」。《華麗島志奇》的作者日影丈吉，或許就捕捉到了西川滿的夢，他筆下的臺灣浪漫綺麗，彷彿燃燒著幻想的香煙——雖然，那並不是豐饒美麗的寶島，而是瀰漫著戰火，隨時與死相鄰的異境。

本書描寫了二戰末期與戰後初期的臺灣景色。即使遭戰火蹂躪，人們還是得奮力生存下去，這種鮮活的生命力混雜著濃郁的異國情調，正是《華麗島志奇》的魅力所在。閱讀《華麗島志奇》，我時不時想到池田敏雄寫的《敗戰日記》，這位民俗學者記錄了戰後中華民國國軍進駐的景況，即使經過戰爭，萬華依舊熱絡，池田顯然沉浸於熱鬧的氣氛，還被人類學家金關丈夫消遣，說：「會因本島人充滿活力而高興的，只有池田君一個人了吧。」或許有些人覺得戰敗後，日本人直接從臺灣消失了，實際上哪有可能？遣返作業是極為龐大的，肯定要花個幾年來進行，更別說留下的眾多影響。

熟悉臺灣史的朋友，想必知道接下來發生了什麼事：從二二八事件開始的一連串清鄉，白色恐怖的陰影鋪天蓋地。畢竟對臺灣人來說，那是巨大的災變，彷彿是戰後臺灣的「起點」；或許正因此，我們很少關注戰後初期到二二八之間的社會風貌，更別說透過戰敗者的目光。從這個角度，《華麗島志奇》無疑是獨特的，書中短篇故事的時代跨越戰爭末期與戰後，描繪當時臺灣社會，補足了那段尚未被光遍照的歷史。尤其是被困在臺灣、不知何時才能遣返的日本軍，這些戰敗者要怎麼生活？本書的描寫值得參考。

但《華麗島志奇》終究是小說，我們真的能把故事裡的臺灣風貌當成「紀錄」嗎？顯然不行。對作者來說，臺灣終究是異國，區區幾年戰時的臺灣經驗，當然不可能代言臺灣。就像西川滿稱臺灣為「華麗島」，那份綺麗遐想未必揭露臺灣的真實，僅是側重異國之美，《華麗島志奇》繼承了那份幻想，就像愛麗絲闖入仙境，島嶼是如夢似幻、妖氣逼人的魔魅土地，故事中的主角終究只能將臺灣人視為待解釋的他者，甚至缺乏主動性。這些故事中，關鍵的臺灣角色幾乎都是女性，但這些角色有能動性嗎？幾乎沒有，甚至是意淫的對象。她們要不是待解開的謎團，要不就是能動性在背景階段就耗盡，真正能推動劇情的人物，全是日本男性——某種意義上，這無可厚非，畢竟作者的目標讀者正是日本人，但我不禁想，在戰後，在日本已經失去臺灣這塊殖民地的時代，作者到底是懷著怎樣的心情詮釋臺灣與日本的關係？說到底，臺灣對作者來說就只是「華麗島」吧！是旅途的風景、戰爭的記憶，不是反省帝國主義、殖民主義的媒介。

這樣的書寫立場自然有疑慮。他筆下的臺灣當真是臺灣的實際情境，或只是末日帝國的感傷眼光？但與此同時，我們又能看到某些元素不斷在不同故事中出現，譬如娼館，譬如強姦臺灣女性的日本軍人，這些重複出現的元素，很可能轉化自作者的見聞，虛構中無疑含有真實，就像河裡淘出的金沙，全都是真材實料。

並不是說《華麗島志奇》的臺灣就是臺灣，正如「華麗島」，只不過是臺灣被觀看的某種面向，而非自我主張。故事中即使出現實際地點，也不見得是紀實，譬如〈消失的房屋〉提到艋舺有條街，街上同時有文帝廟與武帝廟，與其說真有其地，更像是作者臺灣經驗拼湊的印象；然而故事提到戰後的臺灣人仍然畏懼空有虛勢的日本軍，這可能是事實。作為戰後初期的記憶，《華麗島志奇》無疑填補了歷史拼圖的一角，但如何在虛構中找出真實，或是說，如何在真實中找到虛構的位置，這是讀者的任務。因此，對尚在建構的史觀的臺灣人來說，《華麗島志奇》無疑擁有重要價值，無論歷史或文學史，是我們不能迴避目光之物。

推薦序

在浪漫與現實的眼光交界，是彼時臺灣

曲辰／大眾小說研究者

這十年來臺灣無論是文學界或是出版界都開始積極地探索日治時期，就好像要補上過去從未有機會修到的課程一樣，也因此日影丈吉這個純然在日本文壇發展，但卻有相當一部份的作品背景在臺灣的作者便開始被重新發現。

初讀日影丈吉《華麗島志奇》，我其實有點訝異，明明寫於一九六〇年代的作品，如果遮住作者姓名，我大概會猜測這來自某個大正時期的日本作家，其中的某種氣味幾乎喚醒了我二〇一七年春天開始的那段編選《文豪偵探》與《文豪怪談》這兩本以明治、大正時期文豪所寫的（不那麼像的）推理小說與怪談選集的經驗。

那時在做功課的過程中，我意識到一個有趣的現象，我們都知道日本的現代化肇因於美國黑船的強行叩關，而後在技術上學習英美、在法律政治制度上模仿德國、在文化上受到法國非常強烈的影響，但為什麼法國推理小說對於日本的影響幾乎僅止於大正時期以前，昭和以後的法國因素微乎其微？

日影丈吉或許可以提供這問題的一部份答案。

一九〇八年出生的日影丈吉，十四歲起就在東京法語學校（Athénée Français）學習法語跟川端畫學校學習西洋畫，畢業後到法國進修，據他自稱，他小時候喜歡看金剛社出版的偵探小說——不過要注意的是，雖然名為偵探小說，但金剛社當時的選文策略更接近大眾小說書系，包括科幻或冒險類別都包括在內——這其中恐怕就包括了「亞森・羅蘋」相關作品。後來去念語言學校後，日影才比較認真而廣泛的閱讀法國小說，從此熱愛不輟，回到日本後也有從事法國文學的翻譯（例如卡斯頓・勒胡的《黃色房間之謎》與《歌劇魅影》）。

之所以要凸顯日影的法國性格，那是因為作者刻意揚棄了同時代日本推理作家所遵循的「謎團—詭計主義」，以故事中待解開謎團的人工性為核心，結構上帶給讀者既意外（＝兇手居然是他？）又安心（＝啊謎團全都解開了）的感受。但在《華麗島志奇》中，形式上固然也遵循著「謎團提出」、「調查」、「解答」這樣的過程，實際上我們會發現作者似乎有意跳過「推理」的過程，小說中缺乏一個類似偵探的人物將原本的謎團收束成現實的秩序，純粹是靠著不同人的觀點補敘或是事後的探查來發現真相。

野崎六助認為，法國推理小說與英美推理小說最大的不同，正在於並不以「解開謎團」為目的，而是如何透過謎團被解釋的方式，來盡可能地觀照到社會最黑暗的部分。這種承襲自巴爾札克「人間喜劇」路線的傾向，一直在法國推理小說內部與解謎路線抗爭。換句話說，日影刻意壓抑偵探的出場，其實正是為了保留那個謎團的不可解，搖晃真相的解釋性，藉此提示我們這樣的謎團是誕生在一個充滿混沌與不可解的世界——也就是臺灣。

一般論者討論到日治時期日本作家以臺灣為背景的書寫，多半會以「帝國之眼」這樣的概念來指稱，也就是以殖民者／教化者的眼光與姿態，來面對臺灣的風俗文化。日影丈吉在一九四三年被徵召至臺灣直至戰爭結束，其中由於職務關係，並非駐守於一地，而是南來北往，可說對臺灣民情相當熟悉。這樣的日影，固然仍然帶著帝國之眼觀看台灣，但更強烈的則可能是他受到法國文學薰陶的浪漫主義濾鏡。

法國的幻想小說於十九世紀初期受到E・T・A・霍夫曼（Ernst Theodor Wilhelm Hoffmann）的影響，極為重視地方民俗與在地觀點，並用現代的眼光為鄉野奇譚尋找新的聲音。在日影的眼中，臺灣（小說集中其實也有談及中國與新幾內亞，但這邊以臺灣為討論主體）的怪談儘管令人遺憾的「沒什麼特色」，但「基於對未知事物抱持的神祕感」，仍然為他的幻想視域提供了不少題材，在他的筆下，怪談可以用來解釋現實，現實也可以怪談化，我們跟著他的筆調穿梭於虛構之中，感覺到一種全新的專屬於日本人的臺灣感性。

這大概也就回答了我最前面的問題，日影丈吉讀來會讓我覺得他是站在文豪的延長線上，正因為他這種不將類型視為定型的態度，與那個還在發展自己類型風格的時代實在太類似了。而法國在當代推理小說帶來的影響，與其說是推理結構上的，不如說是幻想層面的，也因此常會被忽略其與推理小說的關係。

而日影丈吉，便擺盪在日本與臺灣、推理與幻想、現實與虛構，為我們帶來一本凝凍於當時當刻的臺灣風情畫，這或許正是我們如今仍然樂於閱讀他的原因。

編輯室報告

本書為日影丈吉於一九七五年出版的短篇小說集，主要收錄一九四九－一九六八年間，日影丈吉發表的作品。原文為日文，經高詹燦翻譯成中文，編輯過程中並與譯者反覆討論確認。由於全書內容是以太平洋戰爭到終戰初年的臺灣為背景，運用的一些詞彙反映日本帝國殖民臺灣的特殊時空，為幫助讀者精確了解文意，在此對本書中譯做以下幾點說明：

一、本書正文中的「本島人」，係指日治時期總督府對臺灣福建人、廣東人的統稱；「內地人」指相對於本島人，從日本本土移居到臺灣的日本人；「蕃人」則為日治時期統治者沿用清代對原住民的稱呼，全書沿用原著用字，不涉及族群價值判斷。

二、本書正文中的閩南語俗諺和慣用語，以粗體字標示之。

戰時我在臺灣待了三年左右。那段期間，我深切感受到當地的大自然和人們都是毫無停滯、不斷流動的實體。能如此鮮明體驗時代洪流，可說是絕無僅有的記憶。那段時期人們也不斷面臨死亡危機，包含生活在其中的我。目睹這一切讓我的內心不曾如此悠緩、平靜且空虛，甚至無須談到死亡或愛這類問題。對我來說，臺灣似乎不只是一片記憶中的土地。

除了《華麗島志奇》，有關這個異鄉，我還寫下兩部長篇與一部短篇小說。然而，戰後有一位到臺灣旅行視察的外交官友人曾對我說：「日影兄，你在書中寫的地方，現在都已不在了。」這讓我相當失落。《華麗島志奇》中的最後兩篇故事背景雖然不太相同，但幾乎是二戰同一時期的故事，我一併將它們收錄在此。

華麗島應該是「Ilha Formosa」的譯名。[1] 除此之外，臺灣也有蓬萊島、龜山島等稱呼，由於這些名稱略嫌古老，我從當時在臺北的一位詩人，同時也是占星師的西川滿先生語彙中，擅自借用「華麗島」的名稱，打算日後見面再向他當面致歉。

1 Ilha Formosa 為葡萄牙文，可譯為「福爾摩沙，美麗之島」。

I 一 眠床鬼

一

過去我曾提過幾次臺灣人的寢具——眠床，[1]現在我想從自己寫的長篇小說中，引用部分有關私娼寮臥室的描述。

從昏暗的客廳看去，那個小房間很明亮。在蓋著顯眼棉被的眠床上，有兩名年輕女孩同床共眠。

眠床幾乎占去整個房間的一大半，床可以說是本島人生活中唯一的奢侈品。那張紫檀木床有精細的雕工，許多地方都鑲嵌了名為「柳下美人」圖案的陶板和鏡片，還設有好幾個能放化妝用品的抽屜，一張眠床等同於一間閨房。我看到躺在掛著蚊帳的豪華眠床上的兩位女孩，突然想起馬奈的畫作《奧林匹亞》。[2]

儘管如此，臺灣人家中的眠床也並非全都這般氣派。

我曾經看過一些大家庭民宅內部，那裡就像以前商船的三等船艙，土間會擁擠地擺放幾張簡陋的床鋪。[3]農村則沒有眠床這類傢俱，大部分人家都是一起睡在墊高的地板上。臺灣有一半屬於熱帶地區，盛夏時我也看過有人直接睡在地上。

那些號稱「內地人」、來自日本的移居者，會建造日式房子在榻榻米上生活。本島人之中也有人受到影響，會鋪日式木地板躺在上面睡覺。

但一開始臺灣成為日本領土時，多半人應該還是睡眠床的。不知道他們躺在這種罕見的床上，都做了什麼樣的夢？我同時想起現代日本人幾乎已經遺忘的、類似於「武者顫抖」的感受。[4]

眠床也就是中國式床鋪，它的床柱高，設有垂著布幕的床頂阻隔房內空氣，用來防蚊。睡過眠床的日本人，應該會想起兒時鑽進收放棉被的壁櫥中睡覺的經驗吧。

我一直打算日後有機會要以眠床為主題，將相關回憶寫成文章。現在我的機會來了。

話說，如果要模仿日本最近流行的「古怪外國人」稱呼，[5]在戰時我肯定是「古怪的軍人」。

---

1 眠床為床在臺語的讀音。
2 這段引文出自日影丈吉長篇推理小說《內部的真相》。
3 土間是日式房子入門處，沒鋪木板的黃土地面。
4「武者顫抖」意指武士上陣前，因興奮而顫抖的情緒。此指作者躺在這種陌生床上，所產生的新鮮、興奮之情。
5 古怪的外國人（へんな外人）為作者撰文背景時空的流行語，當時在日本的外國人少，因而對外國人會有此種稱呼。

我的部隊隸屬於臺灣軍司令部，[6]因為兵種關係，部隊會被派往各地，幾乎在臺灣每一片土地上都留下足跡。但往往我們是整個編隊一起移防，像我這樣有許多機會單獨行動的人，肯定是少數。

我附屬於指揮班，底下沒有自己的分隊，是個職務輕鬆的士官。正因如此，我的任務是在每次派遣隊出動前先到駐地查看狀況，尋找能當作營區使用的建築，並與當地人交涉租用事宜。我沒有特別適合這項職務，但由於部隊長常指派我負責，久而久之這就像成為我的正職。

當派遣行動變得頻繁時，我就會忙碌起來，這個月可能還在熱帶的屏東市，下個月就會跑到副熱帶的新竹市。當然，部隊裡沒有專門交涉的職務。我被編入派遣隊後，會早一步前往目的地準備駐地事項，之後會短暫駐留，納入當地部隊的指揮班管轄，並負責與外人交涉。

這不是什麼多了不起的工作，不過為了確保當地調度的物資在一定期間內供應無虞，我得先採取措施，必須和地方公所、警局聯絡，還要帶著負責發餉的士官，與原先派駐的部隊跟當地商人見面。我也曾和街坊的澡堂商議，確保軍隊有專屬的租用時間。

當部隊終於抵達當地後，司令部會向總部遞送新的派遣命令，我就會被再度召回、編入其他軍隊，率先前往下一個駐地。

在部隊總部，我往往只待兩、三個月，位置都還沒坐熱，就會再戴上公用臂章，獨自搭乘火車踏上旅程。

我不知道部隊長是看中我哪一點，但因為這份職務，我跟戰友們都有點疏遠。我在地方民眾和有力人士間倒是結識不少知己，有些民眾甚至不知道部隊長叫什麼名字，多年後卻仍記得我的名字。

有時，我還會受到超乎自己身分該有的尊敬。可能是前來商談設置營地事務的人，大多為小隊長以上的軍官。當穿著寬鬆豬皮長靴、別著士官領章的我，看到自己在警局接待簿上的名字被冠上軍官頭銜時，常常嚇一大跳。那是我備受拘束的軍旅生活中難得悠哉的回憶，不過這樣的我肯定是個「古怪的軍人」。

我在軍中的體驗並不是這篇故事的主旨，只是有必要先讓各位知道，我因為被賦予特殊任務，常有機會擺脫營內生活，和地方上的人們一起生活。

有時，派遣隊的設營和移防會進行得不順利，這時前往勘查的我，只能獨自在當地民宅

6 日治時期臺灣軍隊單位的層級關係，依照順序為：司令部（總司令部）、總部（下級部隊司令部）、派遣隊、指揮班。部隊中的軍階層級則依序為：部隊長、小隊長（小隊長以上皆為軍官）、士官（又分為士官長、上士、中士等）。

留宿幾天。曾經我打擾過一個貧困的廣東人家庭，日子過得苦不堪言。那家人吃飯的配菜都是取用自己庭院種植的紅蘿蔔和菜豆加鹽水煮，[7]我一天三餐都被迫只能吃這些菜。

由於覺得他們實在可憐，自己也吃得難受，我將一起帶來的軍中味噌（都快長霉了）分一小桶給他們。這對廣東人夫婦始終沒忘記這件事，後來他們家孩子生日，請了四、五名軍人到家裡款待，當天我比較晚到，他們還特地保留一塊鵝肉的上等部位給我。

在這樣的情況下，我與本島人和內地人都相處融洽，當中也有人和我特別志趣相投、互相敬重。在我多次比派遣隊早一步前往的北部新竹州桃園街，有一位郵局局長，是名人品高潔的老先生，至今我仍忘不了他。

湯村局長很照顧我。

聽說，湯村局長是日俄戰爭時代的軍官。要是他穿上羅紋黑呢絨軍服，戴上筒狀軍帽，看起來一定很像貴族出身的軍官。

正因如此，他向來不排斥協助軍方。原本他就是個通情達理、待人親切的人，但那不代表他和每個人都交往愉快。

像我部隊裡的軍官在他眼裡都不及格，這點我很明白。湯村先生不會開口說這種事，大概是在我面前才特別敞開心房。

湯村先生一聽到我是東京人，就流露出無比懷念的神情，和我用東京話暢談。不過他是北陸出身，[8]似乎只有在學生時代待過東京，是很久以前的事了。他還清楚記得的就只有隅田川競艇。[9]他問我這個比賽現在是否還會進行，那是我不熟悉的昔日東京。

我和湯村先生間唯獨有一件事看法相左，但也不算有過什麼爭論，只是讓我在心中默認我們意見分歧。這件事與位在桃園街中央的一座廟宇有關。

我很欣賞那座色彩鮮明的廟宇，不時會去參觀，讓自己放鬆心情。湯村先生可能從部隊裡的士兵或其他人那邊聽過這件事，冷笑著對我說，那種東西是沒半點藝術價值的次級品。雖說我們意見相左，我對廟宇的評價與湯村先生的意見相去不遠。

我只是有點無法認同這位老先生抱持高人一等的自信。我對本島人無邪的虔誠信仰深有認同，姑且不談廟宇是否有藝術價值，或許我想擁有的是一份從容、能從地方感受到的旅行情趣。湯村局長則秉持自身原則，他長期居住在殖民地，不乏批判這種傳統風俗的理由。

他的道德感和美學是中規中矩的，那與他高雅出眾的容貌相互輝映。平時他的行徑也總

7 菜豆為豇豆的臺語名稱，豇豆又稱為長豆、豆角、赤豆等。
8 北陸指日本本州中部鄰日本海沿岸地區，包含新潟、富山、石川、福井四縣。
9 隅田川競艇為明治三十八年在東京隅田川首次舉辦的多人划船競賽。

是帶著一份瀟灑，

湯村先生行事嚴謹，重視禮儀。他只有在偶爾喝醉時才會稍微放縱一下，進行一段餘興表演。那是很樸實、讓人會心一笑的表演，他似乎相當擅長，連我都看過兩次表演。記得第二次好像是我搭卡車從臺北前往竹東派遣隊途中，無預警去桃園拜訪他時。

他擔任過臺中和臺南的第一郵局局長，年齡將近退休後，便待在桃園這座寧靜的鄉下市鎮，在這邊唯一一間郵局兼電話交換局工作。除了局長，郵局的從業員都是本島人男女。

這座郵局面對著從桃園車站一路通往那座廟宇的大路。我在下班前半小時信步走進郵局，湯村先生看到我非常高興。我跟他說自己沒有很多時間，他馬上打開一瓶名為ESPERO的臺灣產角瓶威士忌。

還不到下班時間，湯村先生已經完全醉了，還把員工全找來要他們喝酒。他可能是想款待我，於是開始表演拿手絕活，其實那只是用一隻手將旁邊的垃圾桶扛在肩上，另一隻手做出撿紙屑的動作，喉嚨硬擠出沙啞的聲音，接連喊著：「紙屑、紙屑」，在局裡來回走動。[10]

湯村先生無法大喊，是因為罹患某種聲帶的疾病，聽說有一段時間完全發不出聲音。他有著清瘦的臉龐、略微浮突的大眼與泛白的鬍鬚。他自知發不太出聲音，總是主動湊近臉，很親切地和人說話。希望各位能想像出這位老先生的模樣。

在發生那件事前，我做夢也沒想到如此不可思議的事件，竟然會與這位謹慎正直又待人和善的人有關。

二

我已不記得那是第幾次去桃園發生的事了。當時臺灣尚未遭受美國軍機空襲，但那年秋天戰事即將邁入末期。我一樣為了派遣隊設營的事，搭火車前往勘察。

天還沒亮，我便從臺南市出發，抵達桃園時已經過午。我從車站直接到警局和鎮公所進行交涉，之後去到一所位於市街郊外、可能會租用部分校舍的女校查看。由於校長不在，我花了一點時間好不容易談妥。當我要去郵局打電話跟部隊總部聯絡時，落日已逼近地平線。

湯村局長仍在局內，感覺悶悶不樂。我因為討厭軍刀，和平時一樣只在腰間掛上刺刀。

10 湯村先生表演的是日本落語《水井茶碗》的橋段。《水井茶碗》的主角正直清兵衛以收破爛維生，出場就會喊「收破爛」或是「收紙屑」，小說中湯村先生是在模仿清兵衛。

他一看到我不得體的軍服裝扮，那雙大眼微微一亮，但還是一臉憂鬱。我忙完後湯村先生說道：「再過一會兒我就會結束這邊的工作，你先去我家等我。」

湯村先生的家位於郵局後方。繞過郵局旁邊會看見一扇小門，門內有一座小巧的日式房舍，那間房子只住著湯村先生和夫人。他們育有一男一女，兒子在臺北交通局通信部上班，女兒則嫁給一名鐵路局站務員。但這段記憶我有些模糊。

除了這對老夫婦，湯村先生家中還養了一隻有漂亮斑點的捲毛蘇俄牧羊犬、兩隻紅眼睛的乳白色波斯貓，還有三隻體型頗大的日本改良種白文鳥。牠們都是這個家庭的成員，和我也很熟。

每當湯村先生從郵局回家，籠中的白文鳥便會飛向靠近腳步聲方向的棲木迎接。那對波斯貓姐妹聽見夫人刨柴魚片的聲音，也會跑到廚房吵著吃。而那隻有名的俄羅斯觀賞犬則時常悠哉地在榻榻米上閒晃，或直接趴在坐墊上休息。

先介紹完動物才介紹人實在有點不敬。湯村夫人是位漂亮的老婦人，年輕時肯定風華絕代，雖然已上了年紀，但感覺仍未脫離千金小姐的貴氣。當夫人聽我提到派遣隊宿舍已選在市街外郊的女校時，她皺起眉頭說：「在部隊來之前，您一個人沒辦法住那種地方的。可以先住我家。」

「對，局長也這麼跟我說。」

「就說吧。您來了以後我先生真的很開心。您不必客氣。」

「嗯……」話雖如此，我還是覺得這樣對他們很失禮。

過去在比想像中還冷的臺灣寒冬，我也是有獨自一人在空蕩蕩的建築物中升起微弱小火，連續兩三天發抖等候派遣隊抵達的經驗，我早就習以為常。但能在熟識的人家作客，受到溫情款待當然更好。

之前我多次拜訪湯村家，卻從未在他們家過夜。這對夫婦已上了年紀，但畢竟是夫妻，要和他們一起住在這間小屋感覺還是會有顧忌。如果只住一兩天倒還好，可是由於派遣隊的移防時間重疊，以當時部隊混亂的情況來看，不知道什麼時候才會抵達。

要是待在別人家的時間拉長，讓原本感情不錯的朋友相互生膩變得疏遠，那就沒意思了。我抱持著這層顧慮。

這時，我突然想起某件事，詢問道：「那間本島人的房屋，還是原來的樣子嗎？」

從湯村家敞開的緣廊，正好能看見在庭院樹木樹梢下，藏著一棟有鴟尾屋頂的磚造式建築。我知道那棟房屋，它是一間荒屋。

湯村先生住家雖小，但占地很廣。那間本島人的房屋就在樹木繁茂的庭院深處。之前我曾進去看過，屋裡除了名為「正廳」的客廳外，還有五、六間房。每一間都相當老舊沉靜，如果不是像我這種對當地居民生活感興趣的人，只要待這種屋子裡，肯定會感到陰森可怕。

湯村先生住的這間日式房子，是將這戶人家一部分的前庭樹木砍伐後興建而成，這種做法可說是本末倒置。湯村先生曾說，他很早以前就得到這塊土地，但說什麼也不想住進那棟更早之前就是荒屋的主屋。

然而，湯村夫人的回答卻令人意外。

「最近我先生不知道怎麼了，竟然開始使用那棟房子。對了，K先生，您很久沒來了對吧？」

「對，今年還是我第一次來桃園。」

「難怪您不知道。今年春天，我先生在庭院角落打算挖一座大型地堡時，[11]突然將本島人房屋的正廳和正廳旁的大房間做一番整修，似乎是為了預防空襲。可能日式房子很容易起火……我先生是從八月開始將正廳當書房用，晚上也常獨自到那裡睡。他說現在已經逐漸習慣了……。」

「哦，有這樣的心境轉變啊。」我笑著說。「這麼一提我才想到，難怪覺得庭院變漂亮了。」

「對，有些樹木重新種過，還把四處蔓生的九重葛砍除了。」

我站起身看向庭院，扶桑花依舊開得紅豔。不過從臺南來這裡後，天氣彷彿一夕之間從夏天變成秋天

「唔……局長是自己一人去那裡睡嗎？」

「對。不過您不用擔心，應該不是現在才要進入夫妻倦怠期。」

「怎麼這麼說呢……」夫人一派輕鬆開地開玩笑，讓我忍不住笑出來。「不過，局長最近看起來有點無精打采呢……」

「應該是最近發生一些事，讓他不得不思考許多問題吧。像是有關戰爭。他不時會自己關在對面那間房子裡，這種時候如果我過去，他甚至會嫌煩，露出嫌棄的表情。」

「哦，這麼說來，那裡不就是除了局長外，別人都禁止進入嗎？聽妳這麼一說，還真想去見識看看。我以前曾去過一次，當時灰塵已經結網，從天花板垂吊下來，也不斷有壁虎跑出來……」

「是阿。您很喜歡臺灣的民宅，對吧？」

「當時我說自己對地方民俗很感興趣，結果被局長挖苦了幾句。現在局長態度倒是起了

11 地堡為一種防禦軍事要塞，用於保護人員或有價值物品免於轟炸與其他攻擊，大部分建造在地面之下。

一百八十度轉變。」

「您這麼一提我才想到，之前我先生從一間拍賣的民宅買來一張眠床。也許因為這樣，他才會開始想住那間房子。」

夫人流露年輕姑娘的嬌態，微微偏著頭笑。

我馬上說：「如果局長同意，我想去住那間房子。我現在很疲憊，要是在夜裡打呼，會帶給您困擾。」

「您太客氣了，這種事我不會在意。不過，如果住那棟房子對您的風俗研究有幫助，我倒是可以幫忙和我先生說一聲。」

「那能趁現在讓我去看一下嗎？」

「這個嘛，我先生很欣賞您，您去看應該沒關係。但那裡可能上鎖了，我和您一起過去吧。」

老夫人像是在玩什麼神祕遊戲般興沖沖站起來，我向她借了一雙拖鞋走下庭院。湯村夫人有殖民地上流女性的風範，個性不拘小節，微微帶著孩子氣，是個行事爽快的人。

三

臺灣具代表性的庭園，首推臺北板橋的林本源園邸。湯村先生的庭院當然不像林本源園邸規模那麼大，而且沒有造景石或池子，更沒有石橋，只是將原先蓬亂生長的草木伐除，中間有一條小徑通過。庭院會隱隱給人一種幽微感，想必是因為那裡種植的樹木種類。

在現在花季，庭院植有散發沁香的玉蘭花、桂花、指甲花，底下灌木叢則綻放了慶典花笠般大朵的扶桑花，[12]它的英語名稱為「Hibiscus」。順帶一提，前面寫到湯村夫人提到九重葛，但當時夫人應該還不知道這種植物的名稱。

日軍在遠征南洋時，看到當地長滿像爬蔓薔薇般的九重葛，記住了這種植物，之後日本人才知道植物的名稱。九重葛（Bougainvillea）是源自十八世紀法國探險家布干維爾

12 花笠是指日本早期舉辦祭典或舞蹈活動時，參與者頭上戴的帽子。帽子通常會是斗笠，並由染成紅色的紙或花朵裝飾。

（Bougainville）的名字。[13]

這座小庭院也種植許多細瘦的花果樹木與粗大的木瓜樹，不過沒有種像檳榔、香蕉這類果樹。如此隨興的造園，反而與民宅的建築相當搭配。

正廳的入口被改建過，以方便上鎖。我在夫人解開門鎖後走進屋內，發現裡面被整理得相當乾淨。地上鋪著地毯，牆邊的中案桌上不像一般本島人家庭擺放祖先牌位和神像，而是疊著一堆清代的地方誌和地方行政紀錄古書，滿像書房的感覺。

「對了，我可以參觀一下局長自己一人睡的房間嗎？」我轉頭望著夫人，故意小心翼翼詢問。

夫人格格嬌笑，替我打開正廳北側的房間。首先映入眼簾的是如同我前面文章寫到的，一張作工講究的眠床。

為了讓人更了解我眼前的景象，請容我在此說明：這張眠床的外側垂著蚊帳，正面上方掛了一塊有整面刺繡的「蚊帳簾」，左右兩側則掛有豪華刺繡的細長布條作為蚊帳裝飾，名為「蚊帳鬚」。

床上有被整齊摺疊的棉被，折法與日式棉被相反，是將縱向折成四折的長形棉被擺在床後側，並將枕頭擺在棉被正中央。

眠床前面放了一張名叫「腳踏椅」的矮凳，用來脫鞋。

我望著這張湯村老先生最近常使用，沉穩中微微帶著奢華豔麗的眠床，忍不住發出讚嘆。

「真不簡單，這很像稻江的藝旦屋會有的床鋪。我一直希望有機會能睡睡看呢。」

「您應該睡過吧？在您說的稻江那個地方。」夫人別有含意地說。

「不，我只聽別人說過，自己想像而已。我們軍人才沒時間去那種地方呢。」

緊臨臺北淡水河的大稻埕鬧街後方，有一個地方有本島人藝旦。稻江似乎是當地的雅名，那裡的藝妓水準很高，只接待熟客。當然這些消息也是我從別人那裡聽來的。

一想起鬍鬚花白、獨具神采的湯村先生，枕著這顆滿是刺繡的枕頭睡在眠床上的樣子，就讓人忍不住嘴角輕揚。

「聽說臺灣人在床鋪和飲食方面特別奢侈，真是一點都沒錯。」夫人說。

她來臺灣應該已經有三十多年，但一定不曾那麼近看過本島人家裡情況。到底本島人與內地人哪一方，是實際被排擠疏遠的呢？

13 布干維爾（Louis Antoine de Bougainville，一七二九年—一八一一年），法國海軍上教與探險家，以前往福克蘭群島探險與進入太平洋航行聞名，巴布亞紐幾內亞的布干維爾島與九重葛的學名，皆取自這名探險家之名。

「K先生，我乾脆拜託先生讓您在這裡住下，您覺得如何？」夫人笑著問。

「不管再怎麼熟識，我都不該提出這樣的請求。而且我在沒知會局長的情況下直接進入寢室參觀，實在感到失禮。」

「沒那麼誇張啦。」夫人強忍著笑似地說。

「我先生大概跟您一樣嗜好與眾不同，才會睡在這種地方吧。」

「話說回來，郵局關門的時間快到了，局長工作可真認真。」我看著手錶，掩飾自己的難為情。

「對，最近軍方聯絡電話特別多，他說不能把工作都丟給本島人雇員。他是個中規中矩的人，把局長的工作當作人生最後的職務，相當勤勞。」夫人笑道。「不過今天您來家裡做客，他也差不多該回來了，我去迎接他。如果您喜歡就在這裡慢慢看吧，待會兒我再來請您過去。我先生最近比較急躁，要是沒看到我，就會馬上大呼小叫。」

夫人離開後，我走近眠床，撫摸那光滑的唐木床柱。木質的色澤古色古香，彷彿人的油脂完整滲進其中。之前我只把眠床看作是氣派的傢俱，現在卻覺得它像是擁有與人共享一生、同甘共苦的靈魂。

在這間長期無人居住，飄蕩一股寒意的小臥室，我就像遇見小時候將我養大的奶媽，感受到一股懷念的溫熱，同時也忘記對湯村先生的顧忌。

我不顧自己還穿著軍服，情不自禁躺上床。現在是秋天，但在炎熱天氣下長途跋涉的疲倦頓時湧現，不知不覺間我睡著了。

夢中我聽到雲雀的叫聲。

醒來一看，眼前是一只用紅繩吊在窗邊的鳥籠。籠裡的鳥比雲雀更漂亮，大概是胡錦鳥。雲雀在窗外無垠的灰色天空鳴唱。

我下床伸了個懶腰，走到窗邊望向窗外，嚇了一跳。窗戶位在極高的位置。我身處的這間屋子蓋在一座很高的水泥堤防，下方數公尺遠處，一條寬闊的大河正沖刷堤防底部。

河的對岸是一片似曾見過的朦朧景致，此時我對身在何處已大致有底，似乎是在淡水河堤防邊，臺北大稻埕的小巷弄一帶。我心想：這裡該不會是住在某戶人家二樓的藝旦房間吧。

一名女子站在一旁，出聲對我說：「軍曹大人，您醒了。」

女子遞來一杯香氣四溢的花包種茶。

我回答：「啊，好香。還是說這是那朵插在妳秀髮上的花的香氣？人們說本島美女如雲，但我還沒見過像妳這樣的大美人。」

我絞盡腦汁想討她歡心，當然，我也想知道這名女人是誰。

「妳是誰？」我問。

「我是這房間的主人，您常來看我。有好長一段時間，我獨自被關在這個地方，好寂寞啊，軍曹大人。」

「妳這樣不算回答。妳是誰？」

「您這樣問，我可傷腦筋了。您要是知道了我的真實身分，我們還不如直接道別。您一定會感到害怕。」

「哪有這種蠢事。我怎麼會怕妳這樣的美人。這裡是哪裡……妳又是誰……」

「為什麼軍曹大人這麼想知道我的身分？」女子嫣然一笑。

我不太清楚後來發生什麼事，也許那才是女子真正的本質。無論如何，那是一種鈍重而溫暖的色彩，流動著令人愉悅的東西，填滿女子消失後留下的空間。

可能我一直在凝視眼前幽微的光芒，最終女子還原成一種沒有固定形狀、不停流動的物體，緊貼著我身體的曲線，像一條大舌頭般不斷舔舐著我。

不久，我的下腹部傳來一股異樣的吸力，我呻吟著感受那股吸力。但突然我意識到自己躺在湯村家那棟本島人房屋的臥室內，頓時感到羞愧無比，極力想擺脫緊纏不放的睡意。

我猛然驚醒，從豪華的眠床上跳起來。身體沒有異常，房內空氣還是一樣沉靜，眼前也沒有人在看我，我鬆了一口氣。

我豎耳傾聽，感覺不出隔壁的正廳和庭院有人，我重新打量這張將我困住的眠床。它的造型奢華艷麗，儘管空間狹小，卻像神仙故事中的壺中居般遺世獨立，是一處能安身的地方，讓人有些害怕又捨不得離去。

這張眠床有好幾個抽屜。我像是要展開有趣的搜索般將它們一一拉出來。每個抽屜都是空的，我只找到一顆化成小球的塵埃。

不過其中有一個抽屜無法打開，我在想可能是因為木頭歪斜而緊緊貼合，應該不可能上了鎖。我被這件事激起好奇心。

軍隊中有一種被稱為「襦袢」的汗衫，我向來都會在口袋的雨蓋上別一只安全別針，在熱天脫掉上衣時用來固定軍章。我取下別針，嘗試將針頭插進抽屜鑰匙孔。我向來很擅長這種事。隨即，鑰匙孔發出微微聲響，感覺成功解鎖了。果然抽屜被上了鎖。

但在抽屜裡面，只放了一張名片大小的舊照片以及一朵晾乾的玉蘭花，看起來都不是什麼重要的東西。

那張照片已呈紅褐色，能看見一名年輕姑娘的模糊身影。我翻到背面一看，那張照片像是勉強從襯紙上撕下來，微黑的襯紙還黏在表面，像長痣一樣。玉蘭花已經泛黃，摸起來觸感粗糙。

我不經意端詳那張照片，突然全身寒毛直豎。長得好像，照片中的人影確實是我在夢中見到的女人。

四

那天晚上我暗自發愁，不知道該如何是好。是我自己跟湯村夫人說想睡在那棟本島人的房屋，要是沒開口跟湯村先生說，夫人一定會覺得很奇怪。

本島人的房屋只有那張眠床，只能讓一個人過夜。那棟年代久遠的房子坐落在樹木繁茂的庭院深處，屋裡有許多長期沒維護的空房。我自己一人睡在裡頭並不害怕，但要睡在那張眠床上，不免有些在意。

但我還是抗拒不了再次夢見那名女子的誘惑。

夫人頻頻朝我使眼色。

那是在湯村家日式房子的飯廳一起吃完晚餐後的事。我跟湯村先生喝了大約半瓶的

ESPERO，他卻絲毫不顯醉意，我同樣沒醉，說來還真不可思議。湯村先生看起來心事重重。

「你對這場戰爭有什麼看法？」湯村先生說。「從內閣更換後，已經快兩、三個月了。不知道內地情況怎樣，想必很吃緊吧。」

「對，戰況應該也很不利。我不是很清楚，但我不認為日本會戰敗。」

「這是當然的。不過，你們的苦日子可能會拉長。如果打不贏戰爭，可就辛苦了。」

「因為是一場硬仗啊。」我說。

我一直想戰勝，但這場戰爭的勝利會是什麼樣子？由於對手很龐大，打從一開始就很難預測結果。

至於戰敗會是什麼樣子倒是很清楚。對日本士兵來說，戰敗等同於宣告自己死亡。

「我最近獨自走在市鎮或村落時，常會深深覺得這裡的人和我們不一樣。」

湯村先生抬起頭，以猜疑的眼神注視我。

「萬一我們戰敗，會牽連到這裡的人們……」

「沒這回事。本島人一樣也是國民。」湯村先生如此說，他就像要打斷我的話似的，態度突然轉為堅毅。

他態度急遽的轉變，更像是遭逢意外心生慌亂做出的反應。

湯村先生圓睜的大眼突然浮現一股憐憫，似乎不是對我投射的情感，這讓我感到費解。他繼續以堅決的態度說：「你身為軍人，卻說出這樣的話，教人很傷腦筋呢，K先生。日本一定會勝利的，你應該也不懷疑吧？」

我備受打擊，為自己的多言感到羞愧。人們在感覺自己熱臉貼冷屁股時，會想要一頭鑽進私己的情緒中。或許很窩囊，但我實在無法再提日本可能會輸這件事。

「我累了，差不多該告辭了。」我突然開口。「我有個奇怪的請求，想請局長幫忙。」

夫人看向我，嘴角輕輕揚起。

「能讓我在那棟本島人房屋休息嗎？我想在睡前獨自想一些事。」

湯村先生高雅的臉龐一開始先是浮現驚訝的表情，接著轉變成不知如何是好的神色。他就像醉意突然湧現般上半身頹然往前傾倒，對我說：「你要在哪裡休息都沒關係，不過我本以為你很久沒睡榻榻米了，會想睡榻榻米。」

「K先生對本島人的風俗很感興趣，說很想睡在那張眠床上一次看看。」夫人面露微笑，在一旁幫腔。

「要睡哪邊都行，再多喝一點吧，K先生。」

湯村先生不置可否地說，拿起那瓶威士忌。他的表情彷彿在說，一次得面對兩個敵人，他根本不是對手。

我們在就寢前喝了將近一整瓶酒，但我還是沒醉。湯村先生看起來也若所有思，讓人無法和他熱絡地暢談。最後我決定起身。

「老伴，煤油燈的煤油還夠吧？」夫人也準備起身，向湯村先生問道。

「夠，不久前才剛添過。」

「真不好意思。」夫人轉頭對我說。

「那座房子還沒裝電燈呢。」

「那麼，請好好休息吧。」湯村先生似乎終於拿定主意，對我這麼說。「我待會可能也會到正廳去查些資料，你別理會我，儘管睡吧。」

「老伴，在煤油燈下看書很傷眼睛呢。」

「沒事的，因為我看的是大字體的漢籍。」湯村先生以沙啞的聲音笑道。

我們來到庭院，庭院樹木的樹梢微微泛著白光，月亮正爬上枝頭。我從帆布袋取出名為「螢」的手動式手電筒，一邊轉動把手讓它發亮，一邊在前面走著，夫人則捧著睡衣跟在我身後。

我曾在臺南一間古宅看過採用傳統裝飾的廳堂，家具的擺放也有固定的形式。在壁龕以及充當佛壇或神龕的中案桌前擺的一張大方桌，名為「八仙桌」。

湯村家擁有的本島人屋宅中，屏除一切不必要的家具，中案桌上方的牆壁沒掛書軸或對聯，而是掛了一幅大大的油畫。至於家具，就只有兩張會擺在普通房間的小方桌，名為「六仙桌」，以及四、五張普通的紫檀椅，名為「筊椅」。

湯村先生似乎是以其中一張六仙桌作為工作用途，桌上擺著在治臺時期官邸也會使用的大型紅銅煤油燈。夫人點燈後我望向牆壁上的畫，發現那幅畫採暗色調，上面塗上厚厚一層漆，看不出究竟畫的是什麼。有可能是基隆或淡水河口一帶的風景，畫中有無數根船桅朝天空矗立。

我熄掉煤油燈走向寢室。在房中只有桌子做過整理，眠床對面擺著一張窄長形的高腳桌，就像是「帖案」這種中案桌的縮小版。眠床左右兩側擺了名為「立櫥」的櫥櫃，以及名為「桌櫃」的中式桌，桌櫃上擺了被稱為「案頭燈」的桌燈，這些都維持著原樣。

我點燃油燈，換上借來的睡衣，坐在被稱為「鼓椅」的椅子上，那是房中唯一一張椅子。我抽起菸，這裡相當寧靜，令人心平氣和，感覺不會有怪事發生。

但我還是掛心某件事，連自己都無法解釋為什麼會有這種心情。之前我從眠床抽屜中偶然發現的相片，照片中的女人是一位穿長衫的妙齡美女，看起來很像稻江一帶的藝旦。

那張照片與乾枯的玉蘭花擺在一起，像是隱藏某人的情感，讓人無法知曉背後的想法。一想到在看到那張照片前，照片中的女子已經先出現在我夢中，我就渾身發毛，甚至覺得這張眠床被陰魂附身。

然而仔細想想，我們並不知道夢中的記憶有多準確，記憶本身又有怎樣的時間順序。關於記得某件事並從記憶中加以喚起，我們常常不清楚自己是如何掌握這兩者間晦暗不明的部分。

記憶不時會對人做出離譜的惡作劇。或許是我在發現那張照片時想起夢中的女子，然後催眠自己，將不同女人搞混。這也是有可能的。

我心中這麼想，望著在桌燈昏黃光暈下浮現的眠床，它像在引誘我走進舒服安穩的夢鄉。白天我會做怪夢應該也純屬偶然，是過度疲勞下的產物。

當時我在湯村先生從郵局回到日式房屋的家前，迷迷糊糊睡了約十五分鐘。我對湯村夫婦隻字未提在眠床上睡著、做了怪夢，還看過抽屜裡東西的事。我遭遇的事令人難以置信，但要是那張眠床真有什麼古怪之處，他們夫妻倆也知道，應該不會借給我。

不過那個在眠床抽屜裡，有如遺物般的神祕物品又是什麼？將它收進抽屜上鎖的人是湯村先生嗎？還是眠床之前的主人？湯村先生是不是遺失抽屜鑰匙無法打開，而不知道裡頭有什麼？

不管如何，這都只是另一個祕密，與我做的夢無關。我想到這裡終於放心了，露出安心的笑容。我熄燈爬上床，整理好蚊帳後，為了謹慎起見，將隨身攜帶的德國製圓筒形打火機擺在抽屜上。這時醉意好像終於發揮，我馬上沉沉入睡。

我完全沒做夢。不知道睡了多久，我猛然驚醒，眼前是垂掛的蚊帳，眠床外是一片被朦朧綠光籠罩的寬敞空間，讓人感覺不像置身於狹小房間內。這時，房間的亮光一陣搖晃，變成一塊白色形體，輕輕朝眠床飄來。

白影突然變高，想必是站上了腳踏椅。儘管白影在微光中如此靠近，還是讓人看不清五官，但那確實是位妙齡女子。

一雙白皙的玉手撥開蚊帳，一張女人的臉蛋探進來，玉蘭花香撲鼻而來。我心想：是夢，這應該是夢吧？我得醒來才行嗎？如果就這樣深深陷入夢中，應該會發生可怕的事。可是這次我一定要目睹夢境結局，這種誘惑遠比恐懼來得強烈。

我在夢中抓住女子雙臂，一把將她拉過來。女子跌進我懷裡，在我的臂彎不斷掙扎，我們的身體隔著單薄的衣衫互相磨蹭。

那名女子似乎急著想從我手臂中掙脫。感覺很奇怪，這雖然是夢，帶給人的刺激卻很不一樣。我下意識伸手去找擺在抽屜上的打火機，點起火。

我大吃一驚，差點叫出聲。這次我很確定跨坐在我身上的女子，確實與照片中的女人長得一模一樣。那名妙齡美女瞪大眼睛凝視著我，我感覺像要被她生吞活剝。

女子飄然離開眠床，我急忙起身探向蚊帳外。朦朧的月光從沒被遮蔽的窗戶透進來，照亮了屋內。屋內沒有燈光，但一樣能看清楚周遭。

女子已不見蹤影。剛才那不是夢。我握著打火機從臥室衝向正廳，那邊沒有窗戶，顯得一片漆黑。我點燃打火機往入口方向奔去。

正廳大門往外打開。突然一陣強光射進我眼中，我呆立在原地，聽見外面傳來了狗吠聲。

「你怎麼了，K先生？」

是湯村先生的聲音。

「剛才有人從這裡離開嗎？」

「沒有，剛才我從對面屋子過來，沒人從這裡離開，庭院也空無一人。」

「那這棟房子有其他出口嗎？」

「正廳左後方的角落，有個通往巷弄的出口。」

我像是搶奪般借來湯村先生的警防團大型手電筒，[14]往他說的方向奔去。然而，正廳後方出口的門從內側牢牢鎖住，我朝其他房間窺望也都不見人影，只聞到灰塵味。

回到正廳後，我看見湯村先生已經點燃煤油燈在那裡等候。

「到底怎麼了？你以為家裡遭小偷嗎？」

湯村先生仍像平時一般沉穩。他那隻鍾愛的捲毛蘇俄牧羊喘著氣四處踱步。

「不是，但我也不認為是自己睡昏頭了。」

我搔著頭不知道該不該說，既然引發這麼大的騷動了，沒辦法隻字不提。

「是這樣的，剛才我醒來時，看到眠床前站了一名年輕女子。」

但我沒說自己在眠床裡抱著那名女子。

「年輕女子……你認識的女人嗎？」

「不，不認識。」

湯村先生靜靜注視著我，頭偏向一邊。

「你的意思是，那女子在這個家中是嗎？」

「對。」

「那麼，她現在人在哪裡？」

「我走下眠床時，她已經不見蹤影……大概是從門口跑向庭院。後院的出入口上了鎖，她已經不在房子裡面了。」

「可是如果她從門口離開，我應該會看到才對。算一算那時候我已經在庭院了。」

「說得也是。」

「而且如果有可疑人物，這隻狗應該會吠才對……恕我失禮，K先生，你應該是做夢吧？」

我馬上打定主意，不告訴他照片的事。

「我家老太太還沒睡，我叫她泡茶吧。要去我屋子那裡嗎？」湯村先生開口邀約。

我婉拒他了。

「現在幾點了？」

我的手錶放在眠床的抽屜上。

「才剛十點多。」

「還這麼早啊，我還以為很晚了呢。我也沒睡很久嘛。」

14 警防團是保護市民不受空襲或災害侵擾的團體，是警察與消防隊的輔助組織。

我們決定在六仙桌前坐下休息一會兒。

「局長，這麼晚了，你還要查資料啊？」

「對，從現在開始還要再忙一個小時左右。上了年紀後就沒什麼毅力，得將工作分成多次處理才行。」

「你在查什麼資料？」

「清朝時代的行政。」

湯村先生似乎略顯歉疚，低著頭說。

「從各種不同的層面來看當時民眾的生活情況。」

我斜眼偷瞄湯村先生，心想：這人調查的目的究竟是什麼？剛才吃完晚餐後與他聊天，他那激烈的語氣與這又有什麼關聯？

「我今晚也不工作，早點上床休息吧。你要不要跟我一起回我家睡？」湯村先生站起身說。

「不，我睡這裡就行。已經沒事了。」我笑著回答。「吵到你了，真不好意思。」

「好吧，就照你說的。不過，剛才的事希望你別跟老太太說。我使用這間屋子她似乎很有意見，動不動就愛挑毛病，很讓人傷腦筋。」

「當然沒問題，我自己也不太清楚是怎麼回事。」

不過我已經稍微有點眉目。至少當時我是這麼認為。

湯村先生離開後，我嘴角掛著笑意返回寢室，點亮桌櫃上的檯燈。我看到掉在眠床旁地板上的某個東西，將它拾起。那是才剛摘不久的玉蘭花，仍帶著花香。

這一定是從剛才那名女子的頭髮掉落的。我將那朵柔軟的花放在手掌中貪婪地嗅聞，回想女子的觸感。她已經不是夢中的女人，而是現實世界的人。我將那朵花收進抽屜，接著躺上那張已不感覺怪異的眠床，舒服地睡了一覺。

五

隔天醒來已日上三竿，可以感受到濃濃暑意。派遣隊最快也要兩、三天才會抵達，雖然沒有特別要辦的事，但我之前已習慣早起。我很驚訝地從床上跳起來。

我換好衣服，即便是睡衣，軍人也嚴禁穿地方民眾的服裝。如果跟愛乾淨的人借床鋪卻穿著滿身汗臭的汗衫就寢，實在很失禮，因此我才跟湯村夫婦借睡衣。突然我靈機一動，決定順便借用那張照片。我從抽屜取出照片，放進汗衫的胸前口袋。

我並不想揭發別人私事。我的主意是這樣：前天晚上的女人如果存在於現實世界，不可能偷偷住在這棟屋子，湯村夫人卻毫不知情。那名女子肯定是從外面溜進來。雖然不知道她從哪裡來，但她就是直接來到眠床旁邊了。

當然，她不知道是我睡在上面，把我誤會成別人。至於她誤會成誰，不用說也知道，這個人還將女子的照片收在抽屜裡上鎖保管。

唯一有件事令我納悶，那名年輕女子的照片很老舊。只有這件事與現實留下一種詭異的落差感。

我這人有個壞毛病，只要一遇到覺得疑惑的事，就非得查個水落石出才甘心。這張照片或許曾掉進水中褪色了，可是就算這麼想我還是不太滿意。我想試著找出這名女子在哪裡。如果能找到，我就會將照片放回眠床抽屜，裝作什麼也不知道，並為湯村先生守住這個祕密。

從這一刻開始，湯村先生給我的感覺漸漸不太一樣了，這是沒辦法的事。我對湯村先生應該還抱持與過往相同的尊敬和親近感，即便對湯村夫人有點過意不去，出於男性自私的想法，我對同性畢竟還是多一份情誼。

但我終究還是不太自在。早上要與湯村先生見面，我就很難為情。

幸好湯村先生已經去郵局上班。我看了一下時鐘，原來已過十點了。我在夫人張羅下獨自一人吃著早飯。

「我睡過頭了，真不好意思。」

「沒關係，K先生。您會不會是睡在不習慣的地方沒睡好？」

「不，託您的福，我睡得很好。」

我如此回答，心裡仍不免內疚。為了早點得到我需要的消息，我決定開始跟夫人打聽。

「夫人，那張眠床睡起來很舒服呢。」

「是嗎……我不喜歡。感覺就像睡在壁櫥裡一樣。不過那顆繡有鴛鴦的枕頭感覺很妖媚。」

「那張眠床是原本就在那裡嗎？」

「不，是關帝廟旁一戶本島人房子在拍賣時，我先生看中標下的。好像是在八月左右。」

「您說的關帝廟，是蓋在南崁溪支流旁的一座小廟吧？那一帶蓋了許多幾乎快崩塌的民宅，會有人家擁有如此氣派的眠床嗎？」

「這我不清楚，我沒和他一起去，不知道是怎麼樣的人家……」

我沒再多提這件事。

吃完早餐後。我說要去那間充當營區的女校看看，離開了湯村家。

「那間女校有一大片菜園種了大西瓜和高麗菜，可以請他們分一些當作士兵們的伙食。」

夫人渾然不覺，很親切地告訴我這些事。我朝著女校反方向的市街郊外走去。

我來到磚造房屋變得較少的地方，看見一條河流。河邊有一塊地做過護岸工程，但土石崩塌還是很嚴重。廟的後方長著薔薇叢，其中夾雜刺竹和枸杞，生長得十分茂密，是一處讓人不易靠近的場所。而廟宇旁一整排的民宅也很寒酸，呈現出一片蕭索的景致。

那座關帝廟破損的情形很嚴重，自從戰事可能延長後，不知道是上頭下令還是人民自我約束，這種寺廟都已經停止舉辦慶典，繪有門神像的廟門牢牢緊閉。但今天那座廟門前的黃土插了二、三十根竹香，輕煙飄向在一旁擺設的攤販，看來可能是在舉辦廟會。

那些攤販與其說是攤販，不如說是小市集。

桃園是農產品的集散地，設有整排大型的磚造倉庫，其中的市集遠近馳名，聽說民眾會從臺北翻山越嶺到桃園採買貨物。不過最近可能貨品備不齊，市集鮮少開市。

不知道為什麼，愈往臺灣南方熱帶地區走，就愈能看見有中式屋頂的固定市集，北部則不常見。北部倒是有不少攤販林立。

關帝廟旁的攤販很冷清，只擺出一些蔬菜、剝好皮的豬頭、鍋子與大甕等，那裡也只有零星幾位買家。我印象比較深刻的，只有一隻被揪住翅膀的雞發出刺耳叫聲，接著牠就被人買走了。

我攔下一位呆立原地看起來無所事事的男子，詢問道：

「聽說這一帶有一戶在八月左右被拍賣的人家，你知道嗎？」

男子一臉困惑地眨了眨眼，不過不知道他是害怕穿軍裝的人，還是明白自己不能怠慢，他一再反問我剛才的話，終於明白我的問題，指向繞過轉角第三間房子。

「哦，原來在那裡……」

我鬆了口氣點點頭。

「對了，當時的那戶人家還住那邊嗎？還是他們已經搬到別的地方？」

這次男子好像無論如何都聽不懂我的話般，露出近乎痛苦的表情，顯得不知如何是好。

我看了很吃驚，接著他眼中突然閃耀光輝，指著某個方向。

我驚訝地順著他指的方向看去，發現廟前站了一名老翁，正蹲下來將竹香插在地面隆起的黃土上。

「那位老爺爺，是嗎？」

「對，老爺爺、老爺爺。」男子突然明白我的意思，無意義地傻笑。

原本我以為那位老先生就是住在那間房屋的人，其實不然。他同時擁有那間和其他數間屋子，是一名房東，難怪他的穿著略顯闊氣。雖然他看起來比前一名男子年長，日語卻說得很好。

「住那間房子的男人已經不在了。」那名臉上長了一些麻子的老先生面無表情地說。「他在上個月離家出走，從此一去不回。到現在那間房子還是他在租用。」

「這麼說來，就算我現在去那間房屋，也見不到任何人囉？」

「現在空無一人，大門也被深鎖。」

我撲了個空，望著那間寒酸的房子暗自嘆息。

「那名男子是怎麼樣的人？」

「這個嘛，他叫李大騏，比我還老。是個酒鬼。」

老先生的下巴左右晃動，似乎在笑。

「房子裡有一張很氣派的眠床，不過男子把它賣了。」

那張眠床是出自這戶人家，真令人難以想像。

「那個男人已經一無所有了。」老先生回答。「眠床也是他女兒的遺物。李大爺欠了一屁股債，連吃飯都成了問題。他被債主催債，於是把眠床賣掉。為了賣出好價錢，他請了一名負責人代為拍賣。」

「你說遺物，意思是他女兒已經不在人世了？」

我猛然一驚向他問道。

「沒錯。很早以前就過世了。」

「她是怎麼樣的人。」

「我沒見過。聽說是在臺北當藝旦。」

那名老先生說的話不易理解，但已足以讓我毛骨悚然。

六

我茫然地走在市街郊外冷清的道路上，水牛糞便隨處可見。

如果照片中的女子是那位名叫李大騏，如今下落不明的酒鬼的女兒，那我對湯村先生做出的人性臆測就失準了，接下來似乎只剩下悲慘的想像。

假使李大騏比房東年長，那肯定已有相當歲數，他女兒若還在世也應該四十歲了。這麼說來，那張照片大約是在二十年前拍攝的，難怪影像顯得很模糊，而且嚴重褪色。

那張眠床原本是女子香豔的生活空間，當時想必很嶄新閃亮。女子死後，她年輕的身影也被封印在床中。這是什麼樣的意志？或者說這是那名女子的意志嗎？

那位年邁的房東似乎也不記得女子是什麼時候死的，但從老先生口吻能猜出是很久以前的事，可是一起放在抽屜裡的那朵花卻又不是陳年舊物。

也許是有人和我一樣碰巧打開抽屜，發現那張老照片，而獻上芳香的鮮花。玉蘭花同時也是供佛用的花，之前我也不經意用撿來的玉蘭花做過同樣的事。

湯村先生是在兩個月前才買到這張眠床，也許他還沒發現女人的照片。想到這點，我就覺得隨身帶著這張照片有點可怕。

我從汗衫的胸前口袋拿出照片邊走邊看。昨晚我藉著打火機火光，在短短一瞬間清楚看見那名女子的臉。照片中的臉孔雖然模糊，但已讓我很鮮明想起女子的模樣。我再度打了個寒顫，急忙收起照片。

我這人向來不相信靈異，卻不免渾身發毛。軍中有許多迷信的人，有時甚至迷信到有點可笑的地步。我一直以為自己和他們不一樣，然而當時我們正開始害怕來自遠方大海的死亡預感，總覺得這座漂浮在東海的大島，充滿光怪陸離的氣氛。

我開車行駛數公里遠，氣候與地形陡然從溼潤轉為乾燥，炎熱轉為清涼。尤其是從桃園往西南而行，才短短半天行程，便從油亮的田園來到強風颼颼的海角丘陵，接著旋即來到充滿空白暑氣、平靜無風的山巔。一來到山區，馬路旁便會零星出現模樣怪異的祠堂，彷彿會有像《西遊記》插畫裡描繪的異形妖怪，揮舞著長矛竄出。

這幅景觀容易激起任何人幻想，軍中也有人被古怪的舊有觀念緊緊束縛。

每到冬天雨季，桃園地區就會連下數日豪雨，隔著衣服也能感受到雨滴。而當大雨愈來愈滂沱，你就會像走進瀑布般，四周微微泛著白光、什麼也看不見。在這樣的日子裡，有位前往市街郊外和通信隊聯絡的士兵，[15]堅稱他在雨中遇見理應人在故鄉的母親。

那名士兵不管別人怎麼說都不肯聽勸，他說母親一定是擔心他的安危，遠遠從日本來看他，因為不知道派遣隊在哪裡，才會四處找尋。他一再想衝進大雨中尋人，最後被內務班的同袍壓制。

那名士兵被送到臺北陸軍醫院進行精神鑑定，結果沒診斷出異常，一週後便返回隊上。住院期間，軍醫一再和他提到那件事，並對他說：「那是你母親的生靈。」[16]

士兵從醫院回來後已沒有脫序的行徑，他似乎對軍醫說的話深信不疑，不時會眼眶泛淚

15 在日本軍隊中，通信隊主要負責拍送電報、接收電報、電報加密與架設電報線等任務。

16 生靈意指活人靈魂出竅。

地談到此事。他似乎不曾改變自己所見為實的信念。

原本我一直認為自己是部隊裡最冷靜的人，但終究還是不敢斷言絕對不會受這種作用影響。事實上，我一直無法靜下心來，不知道如何是好。但我沒忘記肩負的職責，雙腳仍朝女校方向走去。

那所女校位於市街郊外一座小村落的平坦山丘上。我前往學校的接洽處，請他們幫忙找一位前些日子剛見過面，我還記得名字的女老師來。學校空蕩蕩的，只有寥寥可數的幾位學生，詢問後才知道大家都去菜園了。看來這裡重視的同樣不是教育，而是戰爭協力。

「校長還沒回來，我打電話到他出差的地方新竹，他已指定好要出借的校舍，我為您帶路。」這位女教師一看到我便毫不遲疑地說。

我脫下長靴，跟她走上有玻璃窗的明亮木造房教室。

「只有這一棟，不知道這樣可以嗎？」

「咦？可以，這樣就行了。」

這裡是副熱帶，但冬天依舊嚴寒，如果駐紮時間拉長，部隊該怎麼度過才好？我心不在焉地想著這個問題，佇立在景致優美的校舍走廊半晌。

「我想針對一些細部事項討論，可以和您談嗎？還是校長不在的這段期間，學校有其他代理人？」

我調整心情後問道。

「這個嘛，目前學校只有教國語的島木老師，如果您覺得方便，就由我們兩人和您討論吧。」女老師思考片刻回答，她雖然年輕，做事似乎很幹練。

我被帶到教職員室，事情談妥後，這位忙碌的女老師便離開了。島木老師命學生幫忙泡茶，讓我歇一口氣。剛才走了一大段路，這樣休息對我有很大幫助。

島木老師是位膚色黝黑、個頭不高的中年男子，聽說是栃木縣出身。他有外表看不出的深厚內涵，是個有意思的人。我們兩人第一次認識就志趣相投，之後在派遣隊駐紮期間，我也多方受到他關照。我們聊得很投緣。

聊著聊著，便談道我感興趣的方向。沒想到這位老師對臺灣風俗相當博學，我十分驚訝，在談話時決定說出自己奇怪的經驗。幸好那位行事幹練的女老師不在場。

「哎呀，你把我稱為研究專家，我實在承受不起。我只是因為喜歡臺灣民俗，才展開一些調查。」島木老師那張黝黑的臉，因為我真誠的欽佩而展露笑顏。

「遇到夢中的女子，這就像元曲會有的浪漫故事呢。不過如果對象是鬼魂感覺可就不同了……抱歉，這應該不是軍曹你個人的親身經驗吧？」

「不是，我是從別人那邊聽來的，但對方是個可信任的人。」

我含糊回應，心想：至少我認為這件事的真實性不可否認，如果沒有這種感受，我就不會主動提起。因此我加重了語氣。

島木老師似乎很感興趣，我繼續往下問：「人類靈魂附身在眠床這類家具中的實際案例，臺灣有嗎？」

「就算是實際案例，可信度也令人存疑，但確實有。臺灣怪談都是以真實故事的形式口耳相傳。我一時之間想不出是否有符合軍曹所說的故事的例子，但這裡也有被稱為**鬼仔埔**的鬼屋，是對土地存有執著的死者，在死後意念不願離開，衍生出怨靈的故事……我不常聽到怨靈附身在家具的故事，倒是有聽過別人惡作劇作祟的例子。這是臺灣很有趣的迷信。」

「哦，是怎麼樣的情況？」我的好奇心被激起，催他繼續往下說。

「例如這裡的工匠很喜歡咒語，似乎精通此道。他們在蓋新屋時，每當工程完工，就會在屋子某處惡作劇。換言之，他們會視雇主支付工錢或待遇的好壞，在看不見的地方寫下好的或不好的咒語。這樣咒語的效用一定會顯現在住戶身上。」

「哦哦，內地也有木匠會立逆柱的說法。」[17]

「沒錯，就是這個。例如有一招叫作『披頭五鬼』，是分別在金木水火土這四個字旁邊加上『鬼』的偏旁，構成奇怪的字，然後將字寫在一張每邊都五寸長的板子四角上，中央再畫上一隻鬼。據說只要把這東西放進柱子孔中，屋主就會喪命。」

「這惡作劇可真壞心。還有嗎？」

「各式各樣都有。聽說在柱子上畫一個小桶棺，屋主也會死。如果畫大棺材是死成人，畫小棺材就是死孩子。如果在梁上畫碗，這家人的孩子以後會變乞丐、餓死街頭。在寢室裡畫翻船圖畫，妻子會生出死胎。」

「打造眠床的木匠也會做這樣的惡作劇嗎？例如透過這種手段，讓死在床上的女人靈魂無法離開之類的……」

「這樣的例子或許調查後可以找到。話說回來，軍曹，你現在不就想到了一個例子嗎？」

島木老師面露微笑地說，可能覺得我穿鑿附會的說法很好笑。

「不過軍曹，你應該不是真的相信這種事吧？」

「對，就只是當閒聊的話題。」

「作為話題是挺有趣的。」

17 立逆柱指逆著樹木生長方向立起的柱子，據說這種立柱方式會導致家道中落，或招來火災等禍事。

我感覺島木先生盯著我看，我向他不置可否地笑了笑。在跟他聊過後，我腦中更混亂了。其實我大可不必這麼執著於那張眠床，但我總覺得在那名女人、眠床跟照片三者間，存在一種怎麼樣也切不斷的關係。

七

那天晚上，我同樣在湯村先生家庭院的那棟磚房過夜。現在才說想在日式房子過夜，實在有些說不出口。同時，儘管我有點害怕，卻也抱持期待。我將那名女子的照片放回抽屜，不忘用安全別針將抽屜重新鎖好。

但這一夜什麼都沒發生。隔天中午，田中上等兵從臺南總部來到郵局找我。他接獲命令要緊急調派約兩個分隊人數的小派遣隊到中壢郡，請我和他一同前往設營。

這裡離中壢不遠，我立即帶著田中出發。總部指定的駐地是靠近觀音庄海邊的一個村落，我們到那裡一看，發現是一處有許多綠竹，相當寧靜的地方，可是那邊沒有宿舍，很令人頭疼。

最後我們獲得許可向電力公司借了宿舍。天色已晚，我們決定在當地過一夜，隔天早上田中上等兵從中壢直接回總部，我則返回桃園。田中聯繫過後，被派遣到桃園的部隊預計還會晚兩、三天抵達。

這天晚上，湯村先生去街上公所參加宴會而晚歸，我和夫人吃完晚飯便開始閒聊。夫人似乎很懷念她居住多年的臺北，想談關於臺北的事。

「我已經一年多沒去臺北了。」夫人嘆息著說。

「偶爾也會想去兒子或女兒家看看，但我先生說現在這種時候，沒什麼要事不應該隨便外出，還說就算不是如此，火車裡頭也很擁擠……」

「在臺南和臺北還會放電影呢。」

「真好。像萬華的花街，有很多士兵在那裡，很熱鬧對吧。」

「這個嘛，我向來不太清楚那種地方的消息。不過我聽說連花街也開始疏散了。有些地方為了因應空襲，還會展開建築物的強制疏散。」

「您嘴上說不清楚，知道得卻很詳細。但這麼一來，那裡就不再是花街了。」

我突然想起一件事，向她問道：「局長先生為人嚴謹，應該不會找藝妓玩樂吧。問夫人這種事會很奇怪嗎？」

「不會。K先生，您不知道，他以前可風流呢。」

老夫人蹙起眉頭，笑著說。

「那已經都是老掉牙的陳年往事了，所以現在告訴您也無妨。那應該是我先生四十歲那時候吧。人們常說當孩子稍微大一點，男人就不安分了，這話說得一點都沒錯。我先生與之前跟您提過的稻江藝妓關係很親密。」

「咦？本島人的藝妓嗎？」

「雖然說是本島人，但萬華那邊的藝妓，連內地人也趨之若鶩呢。」

「夫人見過那位藝旦嗎？」

「不，別說見面了，我當時也還年輕，那件事一穿幫，我便憤而離家出走。那時我們家在臺北三條，[18]我搭火車到臺中『糖廍』地區，[19]我以前去過那裡，簡單來說就是製糖公司。我哥哥在那裡上班，我去他家找他。」

「虧妳下得了決心。」

「我先生似乎為此傷透腦筋，最後終於和那名藝妓分手，前來接我回家。」

「哦，那位藝旦是怎麼樣的人？」

「就說我不知道嘛。」

「連照片都沒看過嗎？」

「沒有。雖然現在我還是一樣不懂人情世故，當時可能特別年輕吧，滿腦子只覺得我先生竟然會和本島人女子有染，真是齷齪，心裡很不甘心。但我先生的朋友說，那名藝妓長得真的如花似玉。我因此開始有些同情起先生來。」

夫人笑了，但我笑不出來。

理論上應該已經分手了的湯村先生，與照片中那名女子的關係似乎又連在一起。我其實沒什麼根據，但就是有這種感覺。

可能出於個人好奇，我不認為湯村先生只是碰巧標下李家眠床。

湯村先生遲遲沒回來。

「原來公所的晚宴都舉行到這麼晚。」

「對，沒有在十二點前放人過。之前我先生不喜歡和那些人一起喝酒，但最近和他們關係變好了。大概是戰爭的緣故。」

18 文中的三條通應指日治時期臺北大正町三條通，位於今中山北路一段和林森北路一帶。
19 糖廍又稱為蔗廍，是製糖場所，也是臺灣早期的製糖工廠，由壓榨甘蔗的棚屋和煮糖的熬糖屋構成。

「或許是吧。有事發生時，不管對方再怎麼討厭也得一起死。我們也是這樣。」

「不過，我先生似乎覺得和您這樣的軍人以及郵局同事一起喝酒還是比較快樂。最近他只要一拿到酒，就會找本島人雇員共飲。」

「最近局長反而變得很能喝呢。」

「或許是喝法改變了吧。就像您說的，可能是心境改變。以前他喝醉了就會喊著：『收破爛哦』，[20]現在都不太會喝到那種程度。」

我一邊等湯村先生回來一邊和夫人閒聊，一直到了十一點。夫人看見我開始打哈欠，一再叫我先去睡，我決定先失陪獨自就寢。

我在前一天早晨醒來時想起與女校的島木老師聊到的話題，試著檢查眠床，看有沒有哪邊藏了不吉利的咒術。後來我覺得自己很蠢而作罷，也沒發現什麼異狀。就算有人在看不到的地方藏了什麼，我不認為它真的會發揮作用。但我還是很在意。我點燃檯燈換上睡衣，把燈擺在眠床抽屜上。那裡有一面鑲嵌的鏡子，小小的燈光似乎愈來愈明亮。

放入燈後，眠床就像一個舒適的小房間。昨天整夜我沒睡在眠床，現在像回到自己家一般，有種連我自己都感到不可思議的熟悉感。

可能是軍人無比渴求女性風情，特別能感受到這種事物的魅力，過了一兩天，之前的詭異感也由濃轉淡。雖然我仍無法消除覺得那張床有生命的感受，我已經不太畏懼這股異樣，漸漸習慣了它。我覺得自己只是受到心理狀態影響。我將煤油燈擺在頭頂上方，躺在床中央，感覺到這裡是我的世界。無論是軍隊、被捲入這場動亂的島嶼，或島上複雜糾葛的民族狀態都被切割開來，這個世界只屬於我一個人。

儘管眠床散發些許妖氣，卻不會讓人感受到太多阻礙。這或許更符合我內心需求，我想置身在一種非現實的心境中。我開始理解湯村先生來這裡睡覺的心情。

我可能多少有些逞強，但還是感到開心。為了跟照片中的女子打招呼，我拿出安全別針，再度打開抽屜朝內窺望。突然，我大吃一驚重新坐起身，改變煤油燈位置以看清楚抽屜內。我的心臟跳得急促。

那名女子的照片還在那裡，前天晚上我從衣服口袋拿出照片，收進抽屜。然而，玉蘭花卻不一樣了。原先抽屜中放了一朵泛黃乾癟的花，與一朵應該已經枯萎的花，現在這些花卻都不見了，取而代之的是一朵剛摘下來、還散發芳香的白色鮮花。

我問過夫人昨天晚上我不在時，湯村先生是否來睡這張眠床。我忘了寫進這件事。當時

20 日本古典落語《水井茶碗》的橋段，落語演員會高喊：「收破爛哦。」

夫人回答沒有。湯村先生前一天晚上同樣睡在日式房子裡，沒來過這裡。

八

我又開始在意起來。有人來過這張眠床，這已經是可以確定的。原先我好不容易平靜下來的心再度動搖。

我走下眠床，轉動手電筒，以昏黃的燈光照亮腳下。我走向正廳來到庭院。月亮現蹤的時間變晚了，東邊天空只泛著微微亮光。一片漆黑的庭院傳來花朵香氣，日式房子那邊則能聽到捲毛蘇俄牧羊犬低吠的聲音。

我豎耳傾聽，不遠處傳來人們的喧鬧聲。也許是那場還沒結束的公所晚宴。

軍中不時也會用配給的酒舉辦酒宴，宴會最後人們一定會引吭高歌、大聲喧嘩，無論是地方公務員或專賣品業者的聚會，都是同樣的情形。我腦中浮現湯村先生一臉無趣地坐在那邊喝酒，無法表演「收破爛」橋段的模樣。難不成最近湯村先生愈發耐不住孤獨，連這種格格不入的酒宴都無法隨易離開了嗎？

本島人嚴禁聚會，也不能喝酒喧鬧。人們頂多待在這條市街上被稱為「暗孔」的私娼寮，找賣藝的女人拉胡弓、以充滿醉意的嗓音唱臺灣流行歌，那是有錢人才有的享受。而一般庶民連廟會都沒有，也被禁止放鞭炮。似乎只有夫妻不理會左鄰右舍大吼大叫地吵架，或不斷敲鑼打鼓的喪禮樂隊，才不會受到禁令約束。

我們必須對這些人負起責任。自從戰況開始不樂觀後，我更常這樣想。湯村家的庭院無比寧靜，不像會發生什麼詭異的事。我回到寢室躺在床上，讓亮著的檯燈維持原樣。

不知道是誰在女子照片旁放了那朵全新的鮮花，不過我已改變想法。這其實沒什麼大不了，我已經習慣那張照片，不知不覺間似乎還對它產生一種親近感。

我還是難以入眠。那盞小小的檯燈可能因為煤油減少，光線略微轉暗。我仔細一聽，房間傳來微微聲響，遂起身注視那盞煤油燈，心想：要趁現在補充煤油嗎？但我想起自己忘記問煤油罐放在哪裡了。

房中傳來啃咬般的聲音。煤油還沒燃盡，那不是燈芯燃燒的聲音，可能是燈芯努力汲取所剩不多的煤油。想到這，我就覺得這個器具宛如一種小生物，甚至連眠床都開始發出微微呼吸聲。

這時房間轉而傳來舔舐東西的聲響。我暗自思忖：是我神經太敏感，才聽到理應聽不到的聲音嗎？但又似乎不是。我注視著檯燈，懷疑燈芯變成舌頭。

「喵～」忽然我聽見可愛的貓叫聲，接著又是舌頭舔舐的聲音。

「原來是妳們啊。」我鬆了口氣說。

湯村先生飼養的那兩隻紅眼乳白色波斯貓在眠床下。可能是我沒將正廳和房間老舊歪斜的門關牢，讓牠們從門縫溜進來了。兩隻模樣像是苗條大小姐的貓，就像長途遠征般，從湯村先生住處穿過庭院，一路來到這裡。

這兩隻貓時常趴在榻榻米上，好像都沒有下來過。不過牠們肯定在一段時間中，會呈現出湯村夫婦不知道的另一面。牠們肆無忌憚，輕盈地跳上眠床。

「怎麼啦？妳們也是每晚都到這裡玩嗎？再不快點回去睡覺，會被夫人發現的。」

我抱起牠們悄聲說話。「喵～」當兩隻不怕生的貓回應我時，正廳傳來細微的「啪」的一聲。我不由自主像對人說話般發出一聲「噓」，提醒兩隻貓安靜。

一開始我以為是湯村先生回來了。但如果是湯村先生，我應該會聽到他的腳步聲。正當我以為自己聽錯時，客廳又傳來「啪」的一聲。聲音逐漸接近，我完全坐了起來，注視著房門。當時我應該全身都起雞皮疙瘩了吧。

房門被無聲無息打開。

從門框那片漆黑的空間，清楚浮現一個白色形體，是一名女子。女子披頭散髮，修長的身軀穿著像壽衣的麻布。她面向我在的眠床，臉白得像抹粉，圓睜的眼睛大得出奇。果然是照片中的女子。

恐懼讓我的四肢凍結。五秒……十秒……我注視那名宛如幽魂般的女子。這時，女子身影突然被黑暗吞沒。這次我聽到噠噠噠的腳步聲。我從眠床躍下，朝門口直奔。

正廳中央一片漆黑，但通往庭院的門是敞開的，月光從那裡流進屋內，與室內黑暗交融。那道黑影從朦朧的亮光中一閃而過跳往門外，燃起一道藍白色的火焰。

我也跑向庭院。臺灣特別明亮的銀白色月光，將庭院樹葉照得閃閃生輝，有如盪漾的鱗波。庭院已不見女子蹤影。

我呆立在原地左顧右盼，想起庭院後方有一扇木門。我穿過樹叢，朝木門奔去。那扇門是開著的。有人匆匆忙忙從這裡跑出去，這件事毋庸置疑。

湯村家的日式房屋那邊闃靜無聲，電燈也已經熄滅，湯村先生肯定已從晚宴歸來上床就寢。我不想驚擾這對老夫妻。我發現自己穿著向湯村先生借來的睡衣，一身不得體的裝扮，急忙返回寢室，套上夏天衣褲與長靴，然後熄去檯燈來到戶外。

走出庭院木門後，我穿過兩邊被磚牆包夾的狹窄巷弄，來到郵局正面的大路。剛才一路走來只有一條路，但接下來該怎麼走，我就不清楚了。如果那名女子是現實世界中的人，應該還沒跑遠。況且，我不認為女子那身打扮會來自多遙遠的地方。這是我唯一可仰賴的線索。

道路兩側的人家都已沉睡，只有馬路在月光下亮晃晃地向前綿延。遠方的廟宇屋頂朝天空張開它兩邊往上翹的雄偉稜線。我信步朝那方向走去，心中不是完全沒有底。

那名女子披散著解開的頭髮，身上穿著寬鬆的白色麻布，宛如從墓地裡走出來。如果她和照片中的女子是同一人，那就是二十年前被埋葬的女子走出墓地，每個月夜在街上遊蕩。但臺灣沒有流傳人死後屍體未腐爛的吸血鬼傳說，倒是有屍體爬起來展開惡行的故事。

本島人排斥火葬，他們抱持死後若採火葬就無法轉世為人的迷信。而土葬需要大片墓地空間，都市的墓地大多位於城外，桃園的墓地也在北部丘陵地帶，離這裡有一大段路。我不想追蹤幽魂，沒有到墓地去的打算。

雖然不是很確定，我很在意關帝廟旁的民宅。如果不知道女子從何而來，就只能從眠床出處勘查。我可能不會從那個老酒鬼棄置的荒屋得到任何線索，但我也無法躺在床上等到天明。於是我衝出房屋，去到那座死寂的市鎮。我沒其他地方可以去了。

周遭實在過於寂靜，我感覺自己像闖進無人居住的廢墟。在通過市鎮中心圍繞廟宇的圓環後，開始依稀聽到遠處隨風傳來喧鬧的奏樂聲，似乎是來自關帝廟的方位。

我來到可以看見河的地方，月光顯得更清冷，如同暴牙般零亂矗立的磚造房似乎也懷有惡意。雖然說是在可以看見河的地方，我只知道前方有河川，如果不是從岸邊高處往下窺望，便看不到從底下流過的河水。

來到這裡後，反而聽不到奏樂聲了。難道是演奏已經停止，還是我搞錯方位？我感覺像被狐狸戲耍了。

關帝廟缺損的屋瓦、崩塌的牆壁還有歪斜的廟門都透著藍白色，後方的刺竹林迷濛如煙，寒酸的民宅像在月光下融解並凝固，讓人分不清楚從哪裡到哪裡屬於同一戶人家。光是尋找從轉角數過去的第三戶人家，就費了好大一番工夫。

市街上不管哪一條路都靜悄無聲，來到這裡才第一次聽到像人聲的聲音，這反而讓人覺得有些可怕。確實，某戶人家有不只一、兩人的聲音，我發覺好像是從那位老先生的住家傳來，感到更加奇怪。

聲音從木門縫隙逸洩出來，那聲響很怪異，與一般說話聲音不同。我產生愚蠢的念頭，懷疑該不會是眾多幽魂從墓穴裡跑出來，趁老先生不在家，在裡頭展開聚會吧？

突然，我心想也許這同樣是夢。我在夢中的房間巧遇一身不祥裝扮的女人，走在夢中這條漫長的月下道路來到這裡。現在我已抵達夢境最可怕的部分，打開這戶人家的大門是無法避免的命運安排。我一邊想著，同時朝門口前進。

來到大門前，我感覺裡頭正發生一場異樣的騷動。聽起來絕對不是喝酒或唱歌的宴會。我聽到某種可怕的鬼吼鬼叫聲，之中似乎還夾雜激動的哭泣。如果說這是一場宴會，召開宴會的人肯定是鬼魂。

我打定主意把門推開。

外地士兵不管在哪裡都能厚著臉皮進別人家。這當然不是特權，但可以說是一種必要之惡。有時我們必須對不相干的人提出在一般場合下不合理的要求，尤其像在臺灣，我們時常得穿越沒有被巷弄切割的相連屋舍，那時就一定得通過好幾戶混居在一塊、縱深很長的家屋。士兵往往以緊急任務為藉口，若無其事地經過。

因此即便士兵突然闖入，一般民宅的住戶也不會太驚訝，但想必會不太舒服。

臺灣這種屋舍相連的市街，通常正面是店面，裡面則是名為「巷路」的通道和房間。走出巷路後，是名為「埕」的庭院，這裡有「鼓井」，也就是水井，一旁還有廚房，名為「灶腳」。正廳位於埕的後方，再過去則是房間和通往後巷的「巷路」。店門前呈拱門設計的樓房稱為「亭仔腳」，聽說這相當於一般住宅的前埕。這種商店如果當住宅使用，則是以店面當正廳，中埕到屋內往往會住著另一戶人家。市街人家的房屋建造講求靈活通融。那時我推門走入的地方也是正廳，但在那個不太寬敞的空間，卻擠了大約十多人，一股悶濁的空氣撲鼻而來。

不管是再貧窮的人家，正廳裡幾乎都會擺一張靠牆的中案桌。桃園街也一樣，這一帶人家中幾乎沒電燈，只有正廳使用煤油燈，房間唯一的照明，是八仙桌上香爐插的香。

李老先生家裡正廳的中案桌上擺了煤油燈，此外還立著兩、三根蠟燭，平時房屋應該不會這麼明亮才對。而且這戶人家的主人將女兒遺物賣掉後，帶著換來的錢一去不回，這間房子應該已經空了一個多月，現在的燈火肯定是聚在這裡的人們帶來的。

屋裡的人幾乎都背著光，看不清他們長相。他們看我走進來什麼話也沒說。這些人的模樣看起來那麼模糊，或許是屋裡瀰漫香煙的緣故。除了能聞到劣質的香散發的氣味，房中還瀰漫一股焦味與腥臭味，空氣十分嗆人。

我略感噁心，但還是強忍下來。我走進屋內，發現中案桌的前面躺了一個長長的東西。那長長的東西躺在鋪了草蓆的木板上，木板擺在兩張椅子中間。雖然披著衣服，但那確實是死人沒錯。

中案桌旁供奉著裝在碗裡的白飯與鴨蛋，還插著香。聽說本島人會讓死者的頭枕在金紙上，並在死者腳邊燒銀紙，此時我親眼目睹了。金紙與銀紙是天界冥府通用的紙幣，我來到燈火旁環視在場的人們。那名女子不在裡頭。

在場似乎都是附近居民，還有剛才放聲號啕的女人。大聲哭號是送殯者禮儀之一，然而這些人現在都不發一語望著我，也有人面面相覷，他們可能在想為什麼我會突然進來，但怎麼也想不出個所以然才目瞪口呆。這全都顯現在他們臉上。

其中有個男人衝著我笑，他應該是廟裡人稱「師公」的道士。剛才我開門時就是這個男人不知道在大聲誦念什麼。

一名老先生露出終於想起我是誰的表情，走到我面前。這位老先生就是這一帶屋子的房東，前陣子我才在關帝廟前，從他口中問出這戶人家的消息。

「軍官大人，您是來見李大騏的嗎？」老先生問。

「對，老先生。我能見他嗎？」

「李爺爺就在那裡。」老先生指向那名死者。

「您晚了一步，軍官。李爺爺今天剛過世。」

「在哪裡過世的？」

「有人來通知，說他倒在鶯春街街頭。附近的人用牛車將他載了回來，回到這裡後他就死了……他應該是想從臺北走路回來，當時他身無分文。」

「原來是這樣。」

「軍官，您為什麼會來看李爺爺？」

我躊躇了一下開口回答。

「我是為了李大騏先生賣出的那張眠床，想請教他幾件事。」

「軍官，您是郵局局長的家人嗎……」

「倒也不是……你們知道那張眠床是否發生過什麼怪事嗎？」

老先生向一旁的男子竊竊私語，悄悄話慢慢傳開來。他們面面相覷，接著一起看著我，老先生代表回答：「大家都不知道。」

「李先生有其他親人嗎？」

老先生又轉頭望向一旁的男人，同樣的情形再次上演，老先生轉身面向我：

「沒有。」

「那麼，李大騏的喪禮是誰幫他出錢的？」

「是我們合力出錢。」

「有墓地嗎？」

「在龜仙庄。李婆婆和他女兒已經先葬在那裡了。」

「這位死者生前好像就在四處流浪，在家裡待不住，死後他會乖乖待在墓裡嗎？」

我半開玩笑地說，因為在場的人們似乎沒理由為李大騏落淚。

但他們突然顯得很慌亂，向後退了一步。一名女人朝死者四周騰出的空間撒了一把銀紙，以責怪的眼神瞪著我。

九

這一切都像噩夢中會發生的事，但它是事實。如果這是一場噩夢，接下來或許我會和爬起來的老先生屍體一起輕飄飄飛過盈滿月光的夜空，一路飛到龜仙庄的墓地，並和老先生二十年前過世的女兒見面。這起事件發生在現實的證據，就是我無法加入他們守靈的行列，還被一股像死人氣味的惡臭趕跑。我只能再次拖著沉重的步伐走上月光的道路，回到那張眠床上睡覺。

那名女子來自何方，又要往何處去？我始終無法解開這個疑問，乾脆想成是李大騏的女兒從墓地跑來迎接他，順便繞去看她的眠床。這樣想還比較容易接受。

但如果那名女子始終來自現實世界，只是剛好長得像照片中的女人，那至少我們能認定湯村先生一定知道她的一些事。

我打算等天亮後再試著若無其事向湯村先生打聽。我在天快亮時才入睡，再度睡過頭。當我起床去吃早餐時，湯村先生早就去郵局了。

吃完早餐後，我去了趟郵局，發現湯村先生因為有人打電話來而外出。我在郵局等候，過了半晌湯村先生返回郵局，神色匆忙地坐進局長辦公桌。我跟他說總部會打電話給我，打算以此為藉口在這邊久待。要從湯村先生口中套話感覺得花不少時間。

湯村先生可能覺得我一個人等候派遣隊到來既無聊又枯躁，於是吩咐女辦事員替我泡茶，請我在這裡慢慢坐。我把握住良機。

「局長，又要跟你談奇怪的事了。」我的嘴唇抵著厚實的素面茶杯，開口說道。「那張眠床是不是從以前就有怪事發生？」

「怪事……？」

「就是有一些奇怪的現象。局長，你是否也有這樣的經驗？」

「你是指什麼，我完全摸不著頭緒呢。」湯村先生臉上浮現揶揄的笑意。「我也常睡在那張床上。你說之前做了怪夢，現在還很在意那件事嗎？」

「我不覺得那只是場夢。而且，昨晚那名女子又在房間現身了。」

湯村先生面露苦笑，打開辦公桌抽屜取出菸盒，請我抽菸。他自己很少抽，就算抽也只是把菸叨在嘴裡，但常替人準備香菸。可能他知道當時癮君子要取得香菸並不容易。

我抽著他請的菸，大概聊到昨晚怪異的經驗。

「嗯，李大騏這名男子的喪禮是否屬實，只要調查一下馬上就會知道，但那名女子是怎麼回事？」湯村先生偏著頭說道。「難道是被吸進月光裡了？」

「我也不知道。」

「K先生，恕我冒昧說一句，你當時會不會處於昏睡狀態？你小時候常發生這種事嗎？」

「小時候似乎是有過這種經驗，但長大成人後不記得有這種情形。」

我頗為意外地說，湯村先生以溫柔的眼神注視著我。

「我想也是。K先生，你可別生氣喔。你算是置身在一種怪異狀況，那是用常理無法解釋的。你腦中有很多想法，對吧？這種狀態被稱為精神混亂，它或多或少會出現，也算情有可原。」

「你的意思是，這是現實與夢境的混淆，算一種跟記憶有關的疾病嗎？」

「至少能確定這不是疾病。相反地，這是因為頭腦正常才會產生的疲勞。據說士兵們會做出在內地不會做的殘暴行徑，臺灣當地的軍方報告也常記載這個事實。但你做過這種事嗎？」

「你的意思是，連要保有理智都有困難對吧。」

「這樣說或許有點冒犯，但這是當然的。每個人都會有精神上的偏差，這不是什麼罪過。」

湯村先生避開我的問題，我雖然感到吃驚，但反而能抓住繼續深談的機會。我故意裝出改變想法的樣子說道：「原來如此，如果在心中認定靈異事件就是事實或許會有危險。我們這個派遣隊裡有位士兵，就是堅信他在這裡遇見在內地的母親。看來我也得多小心才行。」

「這就對了。儘管有在意的事，還是要懂得適時放下。子不語怪力亂神。」

「可能我這個人有點潔癖。應該更加果斷一些、做一些必要之惡，可能會更好吧。」

湯村先生似乎放心了，臉上露出笑容朝我點點頭。我認定這是話鋒一轉的好時機。

「像局長也是，看起來個性嚴謹正直，但聽說壯年時日子也過得很精采。」

「這話是誰說的？」

「從夫人那裡聽說的。她說你和大稻埕的藝妓感情很好呢。」

「她可真多嘴。」湯村先生露出苦笑，似乎感到難為情。

「聽說那裡的藝旦水準很高。臺灣藝妓的玩樂方式和內地應該很不一樣吧。」

「大抵差不多，只有一些差異。話說回來，藝旦指的是能獨當一面的藝妓，所以能自行接客。大稻埕的藝旦大多有自己的家，她們都會在家中接客，不會到外面酒家去。酒家有自己專屬的藝妓。」

「大稻埕有像內地的幽會茶店這種地方嗎？」

「沒有幽會茶店，但有提供私人租借作為包廂的人家，被稱為『牽講頭』。」

「這麼說來，稻江那裡的藝妓最頂級了？在那種地方玩樂很花錢吧？」

「臺灣藝妓的賞錢不像內地以時間計價，在宴會結束後，不管幾個小時都是一樣的價錢。有自己家的藝妓，則是慣例送她們名為『壓煙盤』的紅包代替賞錢。聽說以前藝妓都會請客人抽鴉片，客人便把錢放在鴉片盤上當回禮，才有『壓煙盤』這樣的稱呼……總之，要在藝妓家中玩樂，確實得花不少錢。」

「大概是多少？」

「這得視客人而定，看女方是否看得上這位客人。有時她們什麼也不說，先讓客人付了兩、三千日圓，之後態度就很冷淡；但也有客人不管去幾次都能免費玩樂。這種做法是故意讓品味與眾不同的客人覺得有趣。」

「哦……局長應該是玩免費的那種吧。」

湯村先生難為情地笑了，看來夫人知道這件事之前，他應該是留下一段甜蜜的回憶。當時士官的薪水包含戰時津貼在內，連二十日圓都不到。兩、三千日圓是一大筆錢，或許相當於現在的一兩百萬，甚至更高。連我也感到很稀奇。

由於都已經聊到這部分了，我打定主意決定說出重點。

「局長，你知道那張眠床抽屜裡放著一張女人的照片嗎？」

「不知道，怎麼樣的照片？」

「一名年輕女子的照片。是一位身穿長衫的本島美女，我看了之後覺得稻江的藝旦可能長得就像這樣吧。」

湯村先生瞪大眼睛，一臉驚訝地望著我。

「是這樣的，我想拜託局長一件事。可以請你鑑定一下那張照片嗎？如果局長對照片中的女子完全沒印象，我就不覺得那張眠床有什麼問題了。」

湯村先生注意到我一臉認真的態度，皺起了眉頭，那神情就像在說「你這個人真教人傷腦筋」。

「好吧。反正我也不可能認識。」湯村先生說。

郵局的大型電力時鐘即將指向正午。湯村先生不想讓夫人知道這件事，於是我們悄悄來到那棟本島人的房子。

我不太記得湯村先生有沒有近視，但確定平時他沒戴眼鏡。他似乎是上了年紀視力反而好轉，都沒有戴老花眼鏡。

我從眠床抽屜取出那張照片，湯村先生微微瞇起那雙大眼仔細凝視。他眼中似乎浮現一抹憐憫，也可能是我自己多心了。

湯村先生表示他對這張照片沒印象，我大感失望。

「這樣啊。那麼，這張照片的事就忘了吧。」不得已我只好這樣說。

「既然你死心了，那就去對面的屋子吃午餐吧。我家太太應該已經準備好了。」

「我很晚才吃過早餐，那我先去局裡。」

我將照片交到湯村先生手中，為打擾他的事道歉，之後便前往郵局。

說來很不可思議，我向來對熱病抵抗力很強，即便待過瘧疾盛行的地區也從沒被疾病打倒。不過，當初我從病中康復時，心情既失望又輕鬆，同時也有點不太放心，心想：原來瘧疾就只是這樣啊。

會再前往郵局，是因為我之前跟湯村先生說要在郵局等部隊總部聯絡，才搭配演出。沒想到總部真的從臺南打長途電話來，他們提到有一個派遣小隊會搭臺南當天的末班列車來。

總部是從遙遠的地方打來，收訊很不清楚。後來擔任部隊副官的軍官接過電話。

「K軍曹，聽說桃園有個知名的魔窟，叫作藍燈（青電気）是吧。[21] 這次駐紮的軍營離那裡遠嗎？」

「是的，這次的營區選在市街外郊。」

「這樣啊。那就好，要是士兵擅自離營的狀況增加，那可不行呢。」

電話中傳來一陣像在搔刮話筒銅片的笑聲。我突然覺得整個人清醒過來。

我託人向湯村先生傳話，接著立即趕往那所女校。派遣隊明早會抵達桃園，從明天晚上開始，我就得在女校過夜並與眠床告別了。

我去到學校進行最後的細部討論，之後去拜訪在宿舍的島木老師。山丘山腰處的灌木叢蓋了四棟兩層樓的日式房子，我到那裡後發現眼前一大片土地，都是學校所屬的菜園。

我想向島木老師這名臺灣通請教一些事。

「老師想必也看過本島人的喪禮吧。」

「是，看過一、兩次。」

21 這裡的藍燈即是前面提到的「暗孔」，意指臺灣的私娼寮。

島木老師似乎認為我是一名嗜好古怪的軍人，不管我問什麼問題都不會感到驚訝。

「當有人過世時，本島人通報公所或通知親人前，會先向上天報告。」島木老師笑咪咪地說。

「本島人會用紙折成一個像小轎的東西，上面裝滿銀紙，在死人面前焚燒，他們稱為『過小轎』。」

「那會讓死人穿上白衣嗎？」

「會，那是壽衣，是一種正式的服裝。正式的壽衣要穿十二件，但因為屍體已經僵硬，要穿上十二件衣服很困難，會由長男代為穿上，並戴上筍殼製成的斗笠，叫作『臺灣笠』。」

「哦，部隊裡也有這種帽子，提供我們在大熱天工作時使用。不過士兵們說戴了看起來像苦力，都不肯戴。」

「對，就是那個。會戴臺灣笠是因為在太陽底下穿壽衣就像死人一樣，很不吉利，所以要避開太陽。幫死者穿壽衣時，人們會雇用與死者沒有親屬關係、父母俱在且被稱為『好命人』的女人進行。」

「死者的近親也會穿喪服嗎？」

「對。本島人似乎是透過穿麻布表示服喪。」

「穿麻布……」

「以衣服來說，麻是最低等的布料。人死後，至親換上簡陋的衣服是一種慣例，打赤腳也是基於同種心情。穿麻衣、戴麻帽被稱為『緦麻』。如果是比較簡便的儀式，則只會在手臂上纏一塊麻布……女人會取下髮飾、披散頭髮，同樣身穿麻布。」

我想起昨晚的女子，全身寒毛直豎。

十

在派遣隊抵達兩、三天後，市街郊外的機場突然遭受一群戰鬥機襲擊，接下來兩天也持續受到轟炸。同個時期開始，臺灣其他機場也同樣遭受攻擊。

我隸屬的派遣隊在馬路上受到機關槍掃射，一名士兵中彈身亡。之後敵機幾乎每天都會出現，不過只有從空中飛過，沒帶來什麼災情。此時我收到部隊總部命令，動身前往下一個駐地。

由於這次是聯絡兵直接前來通知，要我回臺北為即將派遣到枋寮的部隊做準備，[22]我不需要回總部一趟。不過在臺北行動得先去軍司令部接受指示，當時運輸司令部的管轄範圍還很小，因此我們是奉軍司令部運輸課的指令行事。

隔天一早便開始下起毛毛雨，這種日子不會遭遇空襲。我中午前便離開派遣隊，在馬路上等了半小時左右，攔下一輛從中壢到基隆的汽車補給隊卡車，請司機讓我搭便車。

從我離開桃園街起，雨勢便逐漸轉強，擔任駕駛助手的二等兵對我說：「我跟你換位置，你坐副駕駛座吧！」但我婉謝他的好意，沒走下貨架。

卡車行駛在臺北幹道時，雨勢愈來愈大，我將防水墊披在頭上忍受雨淋。當我們經過龜仙庄墓地所在的丘陵時，大雨已十分滂沱。

突然卡車緊急剎車，我嚇了一跳，從防水墊底下探頭查看。那裡是一處公車站牌，我看到車身下方有一把黑傘，並傳來女人尖細的聲音。

雨聲將四周緊緊包覆，讓人聽不清楚她說的話。但駕駛座上的人大聲吼道：「貨架上是溼的喔！」女子似乎也大喊：「我有傘，沒關係。」最後女子腳踩輪胎，勇敢地爬上貨架。

我伸長手臂，幫她拿那把撐開的洋傘。

女子單手拎鞋，一邊跨過側板，一邊向我道謝。我接過傘後朝她瞄了一眼，她低著頭，溼髮蓋住了額頭，讓人看不清長相。

「軍曹，我跟你換位置吧。」駕駛助手再度喊道。

「不用了，別管我。請繼續開車。」

卡車再度向前駛去，我披上防水墊重新陷入沉思。

從那一帶開始是上坡，來到山頂後，雨勢突然轉小。有一間媽祖廟聳立在山崖，廟宇綠色的屋瓦因為淋雨顯得油亮。待我們進入臺北州，天氣已經完全放晴，藍天從雲縫間露臉。車上硬邦邦的防水墊被雨淋溼，變得沉甸甸的。我將它推向一旁，看著傘下露出的那名女子的臉。

剛剛在大雨中，即便跟她說話也聽不清楚。現在雨停了反而覺得不能一直沉默不語。然而，當我一看見女子的臉孔，馬上倒抽一口冷氣。剛才在雨中感受到的寒意，此刻直鑽入我體內。她正是眠床上的那名女子。

「妳、妳是……」

「對，沒錯，軍曹。」女子難為情地笑著說。

22 小說中提及的枋寮非今日的屏東枋寮鄉，應為作者設定的的地名化名。

她似乎老早就發現我的身分，一直在等我主動開口。

「很抱歉，軍曹。我一直想找機會和您說清楚，今日能在這個地方見到您，一定是菩薩的安排。」

「妳該不會是從龜仙庄的墓地裡跑出來，在路旁埋伏等待這輛車吧？」

「今天是掃墓的日子。」女子笑著說。

這位妙齡女子的日語說得相當流利。

她收起傘，容貌看起來和照片中的女人一模一樣。不過照片裡的女人看起來年輕，總是帶有一絲年代感。眼前的女子則不太一樣，她顯得青春洋溢。

「關於軍曹的事，我已從我父親那裡聽聞。之前嚇到您了，真是對不起。」

「妳父親是……？」

「桃園的郵局局長。」

我大大震驚，女子看著我的神情似乎覺得好笑，她天真無邪地說：「我母親在大稻埕當藝旦時，生下局長的孩子。那孩子就是我。」

「是令堂告訴妳的嗎？」

「不，是我外公跟我說父親是內地人。我母親則在我還是小嬰兒時就過世了。但我一直都沒發現住在同一條街的局長，竟然就是我父親。」

「妳怎麼會知道？」

「在拍賣那張眠床時，局長來到我家，一直看著我和那張眠床，問了我許多事。我讓他看了那幀照片後，他對我說：我很清楚妳母親的事。」

「局長有說他是妳父親嗎？」

「沒有，但我知道。局長除了支付眠床的錢，還另外給我外公一大筆錢，也時常關心我。」

「那麼，令堂過世後，妳是在那張眠床上長大的嗎？」

「對，家裡只有那張床一直捨不得賣。我舅舅、舅媽陸續過世，外公也愈來愈窮。最後終於興起賣掉眠床的念頭，因為已經沒有其他東西可以賣了。我一怒之下離家出走，住進一家製糖工廠的員工宿舍。之前我就在那裡工作。」

桃園車站後方有一家大型的製糖工廠，她似乎是那裡的女工。

「過了一段日子我回家時發現外公也不在了。他得到一筆錢後就到處去喝酒。但現在我已經不寂寞了，我有我的父親。」

「妳和局長都是在郵局後面那棟本島人房屋見面，對吧？」

「對，平均每三天一次。每當入夜後我就會偷偷去那裡玩。我父親為了瞞著太太，決定在那裡擺上眠床到那裡睡覺。我們約好晚上十點後在那裡見面。」

「這樣啊。妳誤以為我是局長，而來到我身邊，嚇了一大跳對吧？」

「是阿。您突然要到那裡過夜，我父親沒時間通知我，他才會在庭院等著，想在那邊攔住我。不過那天晚上我比平時還早到，所以父親沒有趕上。」

「那是第一個晚上對吧。那麼，辦喪禮的那天……」

「那天晚上我原本不打算去。前一晚因為軍曹您不在，我自己一人睡在那張眠床上。我心想您不會再來了，隔天晚上便跑去找我父親，要告訴他外公過世的事。」

「這麼說來，我走進關帝廟旁那戶人家的正廳時，妳已經先回到那裡了？」

「對，我在裡面的房間。我父親吩咐過我，不能讓您知道我的事，所以我請那間屋子的人幫我保密。」

「原來是這樣，我完全被局長騙了。」

「不過，我父親說總有一天會跟您說的，只是現在必須保密。」

湯村先生害怕的應該不是面子之類的事，而是顧及到夫人吧。一想到這點，我就不生氣了。湯村先生得知他讓一名本島女人生下自己的孩子，這改變他對本島人的看法，以及身為內地人的自覺，這也是最近湯村先生心境改變的原因。這樣想十分合理。

「原來，不過多虧妳肯告訴我。我現在要前往臺北，有好一陣子不會和局長見面。下次見面時，不知道能否笑著跟他提起妳的事……對了，妳要去哪裡？」

「要回新莊。四、五天前，我在父親安排下和一位在新莊開焊接工廠的人結婚了。」女子以略顯害臊的聲音說。

她幸福洋溢的模樣，看了真令人眼紅。

我由衷向她道賀。

「真是太好了。那麼，妳和局長已經以父女相稱了嗎？」

「雖然說我們是父女，我沒辦法這麼做。」女子低下頭，眉頭深鎖。

我對她深深抱持同情。

湯村先生終究還是沒公開他父親的身分。他瞞著不讓夫人和其他人知道，暗中辦妥女兒的婚事。但想起這場前途未卜的戰爭，我覺得隱約能明白湯村先生的心意。

卡車駛入沿新莊市街的公路，女子朗聲叫喚請司機停車。她朝我露出懷念的笑容後，抓著卡車側板走下去。我將傘和鞋子遞給她，女子便拎著傘和鞋離去了。突然，我感到一陣落寞。

抵達臺北北門後，我離開那輛要開往基隆的卡車，去到軍司令部，又從那裡走到郊外的枋寮，拜訪總部指示的小學。這時自己一個人走實在很難受。

我和派遣隊一起在那所小學待到隔年新年，接著又被總部喚回。過不到半年，臺北受到轟炸，變成一座猶如地獄般的城市。

接下來的紮營地似乎是在南部的高雄州，我心想：這次或許又能順道去桃園一趟。我計畫在桃園多等一班火車，趁空檔去見湯村先生一面。

湯村先生在郵局裡。他明白戰局日漸吃緊，看我的眼神也帶有濃濃悲傷。我們都知道可能再也無緣相見，於是一直凝望著彼此。忽然湯村先生改以悠哉的口吻說：「在那之後桃園一直沒被轟炸。如何，要不要去我家吃新年麻糬？」

「很感謝你的邀約，但我沒什麼時間。」

「這樣啊，真是遺憾。」

「對了，我見過眠床上的那位女子，就在去年從這裡前往臺北途中。」我笑著向他說。

「是啊，我也聽那孩子提起這件事。新年時她和先生一起來我家拜年。」

「那麼她也見過夫人囉？你已經和她以父女相稱了嗎？」

「K先生，你和那孩子一樣都誤會了，她不是我女兒。但因為她一直都這麼想，要是否認，她也很可憐。而且原先她就不知道生父是誰，我讓她抱持這種想法，也是為了讓她擁有慰藉。」

「為什麼你這麼篤定她不是你女兒？」

「你只要談到眠床的事就很犀利敢言呢。」湯村先生苦笑道。「其實我也很在意這件事，查過公所的戶籍名冊。那孩子是在昭和元年（一九二六年）出生。但我記得很清楚自己去稻江光顧的時間，那是我剛滿四十歲的時候，也就是大正十二年（一九二三年）七月到九月那段時期。當時東京發生大地震，我更不可能忘記這件事。這麼說或許有點怪，不過，皇宮所在的都城遭遇震災，是促成我和那名女子分手的一個契機。我覺得……自己不能再如此沉迷下去。我就是這樣的人。」湯村先生難為情地說。

「也就是說，那孩子是在我和稻江的藝旦分手後，過了三年才在桃園出生。」

我聽得目瞪口呆，注視著湯村先生。

「可是，你為什麼會如此溫情地對待別人的孩子？」

「K先生，如果是你，你會怎麼做？」湯村先生溫柔地展開反擊。「要是你發現二十多年前與自己相戀，後來分手的女人，如今她的孩子處境可憐，你會怎麼做？」

我低頭不發一語。

我們兩人和之前一樣，在忙碌的郵局角落打開ESPERO酒瓶。但很遺憾地，我無法盡情暢飲。當時的火車很擁擠，從桃園上來不太可能有位置坐。過沒多久，火車到站的時刻來臨了。

「對了，那張眠床還在嗎？」我好不容易拋下離情起身，向他問道。

「哦，它損壞了。」湯村先生也站起來。「去年歲末，我用牛車載它送去新莊，牛車在臺北幹道被軍方卡車撞上。幸好車夫沒事，不過車身和眠床都被撞得支離破碎。」

湯村先生依依不捨，雙眼迷濛地笑道。

「這樣啊。」我嘆了口氣。「你看到眠床的殘骸了嗎？」

「沒有。」

「真可惜。當初打造它的木匠，應該是在床上某處寫下了符咒。」

「符咒是嗎……」

「工匠的符咒，你知道嗎？」

「不知道。」

「不過，那張眠床上寫的應該是好的符號。因為那女孩看起來很幸福。」

我在簡短的道別時刻笑容滿面地說。

Ⅱ — 彩虹

一

從基隆幹道前往臺北，在松山鎮會沿基隆河轉一個大彎。沿著彎道走一段路後，前方有座石橋。從橋上走不會知道，但如果從地勢比幹道低的河灘往上望，會發現這座橋是石匠追求力學平衡的一種技術展現，可堪稱中式橋梁的佳作。

橋下有一條運河，從小巷弄中的一整排人家後方通過，流入基隆河。河水因為充滿生活殘渣而嚴重污染，但經過河灘砂礫搓揉以及與河水相互摻混，運河裡的水已變得清澈許多。以前基隆河在這一帶似乎相當寬敞，如今已被大量填平成為工廠區。因此從七星山上流下來的河水總是很湍急，波浪起伏很大。

從工廠所在方向望去，石橋上的天空常浮現彩虹，襯顯那幅沉穩的石橋景觀。彩虹是松山的知名景觀。如果要說得更準確些，這地方叫做臺北州七星郡松山，簡稱松山。這座頗具日式風情的市鎮，位於北東南三邊被大屯山包圍的臺北平原尾端，受到鄰近被稱為「雨都基隆」地區送來的雲雨影響，常降下綿綿細雨。當天空短暫放晴時，彩虹便會露臉。只要多加留意，每天不只一次，你會看見鎮上某處的天空高掛彩虹，有時在晚上也能看見。

某天，大概是工廠下班後的日暮時分，我和宮地一起走在街上，宮地突然對我說：「你知道『紅鞋帶繡枕頭』嗎？」

「不知道。那是什麼意思？」

「可以解釋成以紅色的鞋帶當枕頭裝飾。這是臺灣一個謎語。」

「哦。如果是謎語的話，那答案是……？」

「是彩虹。」

不知道為什麼，宮地露出悲傷的神情。正好此時天空浮現一道淡淡的彩虹，他一臉陶醉地看著彩虹說出答案。

請容我在這裡提起臺灣謎語的題外話，內容很簡短，請不喜歡的讀者也稍微忍耐。臺灣謎語有大人的和小孩的分別，大人謎語現在幾乎不存在了。我國[1]以前也有大人的謎語，就是所謂的字謎。前陣子因為美國電影名稱轟動一時的南法夏瑞德，[2]也可說是一種謎語。但相較於西方，東方人更愛賣弄學問。

1 這裡所指的我國為日本。

2 夏瑞德（Charade）為法國南部城市，而charade一詞亦有字謎、比手畫腳的啞謎之意。一九六三年，奧黛麗．赫本主演的電影《謎中謎》，英文片名取為Charade，即是取該詞彙的「謎題」一義。

清代文字學研究盛行，當時身為中國領地的臺灣，也很流行漢學或漢字學方面的遊戲。這種以學識為基底形成的成人謎語，如果沒有古典文學素養幾乎無法看懂含意。可能正是它有難度，現代人才會覺得謎語枯燥無趣。

這種猜謎遊戲被稱為「燈猜」。「猜」原本有猜疑、嫉妒之意，但也有「猜謎」的意思。燈猜似乎是一個源自遊戲形式的詞彙。清代喜歡追求學問的同好們聚在一起想謎語，他們將問題寫下來後，會將紙張貼在戶外，上方吊著燈火，並在屋內擺出一面鼓。

為了玩這個遊戲聚在一起的人會念出紙上內容作答。若有人猜中，出題者便會敲鼓表示答對，並給予獎品。有時出題人也會讓路過的人猜謎。燈猜的「燈」字，應源自被吊起當作標誌的燈火。

燈猜的內容又是什麼？如同我前面說的，內容相當枯燥無味，我不想在此介紹。不過據說這種遊戲是來自久遠後漢時代的蔡邕《曹娥碑》。只要練書法的人應該都知道蔡邕的名號，他是永字八法的創造者，也是一位知名孝子。他曾替被稱為孝女典範的曹娥寫下碑文。曹娥的父親曹許在洪水中溺斃，她在同一地點投河而死。

《曹娥碑》中有「黃絹幼婦外孫齏臼」這段話。黃絹是染色的糸線，色和糸合在一起，念作「絕」。幼婦是少女，亦即「妙」。外孫是女兒之子，所以是「好」。齏臼可能是將韮菜這種有臭味的蔬菜，切好後放入醃漬的容器，用以承受辛辣，這兩字組成「辭」。這段話因此念成「絕妙好辭」。

燈猜就像這樣，只要把它想成有些複雜的老遊戲就好。相反地，兒童謎語比較單純，帶有一絲滑稽與些許低俗。我猜現在臺南一些小巷弄的孩子還是會玩這種燈猜。不過，如今幾乎沒有日本小孩會玩與臺灣異曲同工的謎語，或許臺灣孩子也不再那麼悠閒了。先不討論這個問題。儘管小孩謎語很直接，有些內容卻十分有趣。

「一枝竹子通天長，胡蠅蚊仔不敢串。猜猜是什麼。」

這題答案是雨。不過只用一枝竹子形容雨有些奇怪，所以我沒特別強調這點。下一道謎語更怪。

「樹上兩片葉，**越來越去看沒著**。[3] 猜猜是什麼。」

答案是耳朵。人的耳朵像一棵直直的樹上長了兩片葉子，這可能是牽強的想像，但對看慣熱帶地區奇幻樹木的人來說未必奇怪，我反而覺得很有意思。

我是很後來才展開對謎語的研究，而且肯定是受宮地那起事件影響。宮地之前跟我說的

3 這則謎語原文為臺語，意指「轉來轉去看不到」。

謎語也算是小孩謎語之一。但我之後再也沒遇到像那道彩虹六字謎語般純樸可愛的謎題。或許因為那短短的謎語和一段悲痛的回憶有關，讓我感到特別悲傷。

二

戰爭結束後一段日子，我們所屬的一支臺灣軍部隊在臺北周遭分散紮營，思考如何安排回歸內地前這段時間。我們一整組小隊員住在松山某棟工廠，身分是中國軍俘虜，但暫時有薪水可領。

那棟工廠在戰時就已陷入無法生產的狀態，戰後則改由中國方管理。我們受中國方委託，以負責整理產品與擔任工廠警衛的名義前往該處。

雖說是警衛，我們擁有的槍械刀劍類的物品，已在奉還命令下被全部撤收，刺刀被綁成十把一捆拿走。不過只要一整批日本軍隊在，就算赤手空拳，不管是暴徒還是乘亂搜刮行竊的團體應該都不敢出手。事實上，有大批士兵駐紮的工廠往往不會遇害。

我們沒被強迫也無人監督，為了領取工資，每個人都遵守上級指揮，自發性投入一整天勞動。儘管士兵工作緩慢，工廠還是很快被清理乾淨。我們的工資照工作天數計算，總共拿了一個月的份，不過我們並不知道這筆錢從何而來。

戰爭結束固然令人高興，我們依然感到意志消沉。相反地，整個市鎮日漸朝氣蓬勃。松山鎮郊外來了一輛車頭裝電瓶的電動巴士，很快地，巴士從後方是青翠山林的松山機場旁通過。當時曾有一架宛如羽黑蜻蛉的英軍蚊式轟炸機低空飛過，[4]發出卡啦卡啦的螺旋槳聲，黑影就落在被美軍戰機炸得坑坑疤疤的馬路上。不過這裡現在似乎是臺北對外的大門，客機都在此起降。

電動巴士的終點是臺北鬧區西門，如果去到那裡，會發現這座都市每天都像辦慶典般熱鬧。從中國渡海而來的蔣介石大軍人數與日俱增。一開始來的是將許多鍋子掛在竹子上、兩人一前一後扛著竹子走的補給兵；再來是有如《三國志》中背著斗笠行軍的士兵，他們手持豎旗，由四、五人組成一縱隊，領頭的人舉步槍，最後面的人則持有一把巨大手槍。他們彷彿巡察隊般戒備地走過市街，奇特的模樣引人注目。但隨著他們來臺人數愈來愈多，不同士兵可能都已回歸各自部署，之後我再也沒看到他們身影。

4 羽黑蜻蛉（Calopteryx atrata），均翅亞目，中文有「黑色蟌」之稱。

我們也看過美國大兵的卡車。他們碰巧遇見在市街的軍隊，便假裝轉彎時沒轉好，打亂長長的隊伍，樂不可支地看中國兵慌張四處閃躲的景像。這群來自中國的士兵未必有勝利的心情。

我們日本兵感受到的是戰敗的沉重與等候回歸祖國的喜悅，來自內地的移民感受到戰爭終於結束的安心感，與失去住家財產的悲哀與絕望；而臺灣民眾則感受到擺脫舊有支配的自由，以及對新權力的不安。

但臺灣人民對相同民族的到來依然抱持強烈期待，這種被稱為光復的心情化為喜悅，讓城市每天都人山人海，像舉辦慶典一般。某種程度上，這種歡欣的心情可能是虛假的。不久後蔣總統來到臺灣，臺北的北門掛上孫文和蔣介石的巨大肖像畫，電影院在開始播放影片前也會先播映兩人照片，要求人們起立。

日本占領臺灣達半世紀之久，由於這段時間內政穩定，有些人自然對新政權感到強烈不信任和恐懼。日軍撤退不到一年就有人攔住我們的士兵，一臉認真地訴苦，說他們完全沒飯可吃。

有人煞有其事地說南京紫禁城的石窟蓋打開了，裡面竄出天符，還說有預言神文千里迢迢從江西省龍虎山越海而來，落在臺北萬華某個地方，文中預言臺灣人將滅亡。我們都聽說過這些事。人們會如此畏怯，或許是因為他們敏銳地察覺到黑暗的特務政治即將逼近。

有些本島人可能想和我們這些戰敗的士兵分享心中的鬱悶，常在酒館主動跟我們搭話。戰爭剛結束時，有位在景尾工作的農夫以安慰的神情對我說：「雖然這裡開口閉口講的都是戰敗，可是在內地，人們根本不知道我們在講什麼。」我聽了大感詫異。

這些幾乎都是玩笑話，其中也有思路比較清晰的想法。有人說：「你們不是因為柔弱而戰敗，而是物資不夠才戰敗。」但我聽了心裡反而更難受。

「日本不會一直輸。再過不久，就會重新恢復實力，到時候我們再一起打拚吧。」有人還特地跑來鼓勵我們，請我們喝米酒。

本島人也有諸多感慨，一喝了酒就想抒發鬱悶心情。對他們來說，現在的我們已完全無害，不需要感到畏懼。我們在將近四年曾是戰爭夥伴關係，再過不久就要分隔大海兩端，兩方可能都有些依依不捨。有些人也像我之前提到，因為對未來感到不安與恐懼，而一心想尋求別人幫助。

儘管如此，這座城市還是被戰爭結束影響而熱鬧歡騰，不用去到臺北，松山一樣熱鬧。當地商店最多的大街斜斜繞過基隆幹道，就像三角形底邊。許多物資突然在市面上流通，讓每家店都充滿生氣。很快地這條大街和一旁的小巷，便開設日式的酒館和酒家。

夜裡街道已完全解除燈火管制，耀眼的燈火點綴其中。長期關閉的廟宇也再度開啟大門，廟裏點燃的蠟燭林立。這個地方增設許多米粉店和名為「暗孔」的私娼寮，大部分的客人都是我們這些敗戰的士兵。

俘虜被禁止外出，但大家似乎都睜一隻眼閉一隻眼。現在的我們自由許多，與舊日本軍時代根本無法相比。[5]雖然暗孔不能公然營業，但只要向懂門路的人打聽，馬上就會知道哪裡有。士兵們都很清楚其中門路。

松山一帶在暗孔工作的女人都是素人，算是半娼婦。而在士兵之中名氣最響亮的女人叫楊彩雲，原先大家可能都不清楚她的名字，但後來發生那起事件後，她的名字就深深留在人們記憶中。之前士兵們都叫她「牽手（老闆娘）」。

松山的暗孔一般位在不明顯的位置，如果只去過一次，夜裡會不知道該往哪條巷弄走、該進哪扇門。那一帶的民宅都像中式透天厝的集合住宅，誰住哪一戶也很難判斷。

暗孔的磚造房屋通常不會裝電燈，只會在中案桌的香爐插上點燃的香，因此人們常摸黑辦事。那裡的女人大多是工廠停工、長期失業的女工，其中也會夾雜陰毛都還沒長齊的少女。由於光線昏暗讓人分不清長相與年紀，男男女女在黑暗中就像守宮一樣交纏歡好。有士兵甚至以此當笑話，說他連續兩晚都到同一戶人家指名要不同女人，但即便來的是同一個女人，他也無從得知。

彩雲給人的感覺和這些女人完全不同，她被稱為「牽手」，是因為她是有來頭的老闆娘。她的家在一整排面向幹道有如店面的房屋其中一家。前面提到那座石橋旁有一家香鋪。臺灣的香與日本的香有很大差異，我常去那裡看店家製香。他們會朝竹芯塗抹香粉，但刻意不塗竹芯前端，那個部位被稱為香腳，用來插在香爐或牆壁上。

戰時巷弄裡每一戶緊閉的大門外都插著竹香，在昏暗的暮色中，能看見一顆顆竹香的火光，那景致令人無比落寞。

彩雲家與香鋪隔了兩、三棟房屋，她家裡有寬敞的土間，似乎以前做過某種製造業，面對土間有兩間日式榻榻米房間，屋內相當明亮潔淨。

她的丈夫受日軍徵召編入運輸隊，擔任水牛車夫。後來在南部高尾州遭遇轟炸，[6]和水牛一起戰死。

彩雲年紀約為三十五、六歲。她的個子很高、骨架大，體格健壯，臉長得有點剛硬，但一頭黑髮總是很整齊綁成一束，額頭邊的雜毛也都用捻線拔除得乾乾淨淨。她的裝扮也相當

---

5 舊日本軍又被稱為大日本軍、帝國陸海軍，為大日本帝國的武裝部隊，成立於一八七一年（明治四年），一九四五年（昭和二十年）解散。被名為「舊日本軍」是為了與戰後日本自衛隊區隔。

6 高尾州為今日高雄。

高雅，每當在人前露臉時，總會穿上一襲布面有刺繡的正式長衫，並別上珠珍耳環。

我知道彩雲，是因為她家位於我常行經的路上。她是個大氣的女人，就算沒上門光顧她的生意，在路上碰面她都不會不自在。某次她路過，我和宮地（或者別人）便朝她走近，第一次與她交談。

初次進入她家，看到可以直接從土間進入，單調卻整理得很乾淨的房間，我想起不久前她還和丈夫一起生活在這個地方，現在竟然就這樣成為做生意的場所，心情有些矛盾。

那時她家隨時會有一兩名隊上的士兵在。在即將客滿時，她會先讓客人在其中一邊臥房等候，然後就在隔壁房間辦事。某天傍晚我去她家，發現已經有一名男子躺在房裡等待，而她毫不在意，臉上沒半點難為情的神色，禮貌性地問候有事到她家一趟的我。

彩雲有個快滿三歲的女兒，日本名叫珠子。珠子有張漂亮的臉蛋，人相當可愛，感覺長大後應該會是個標緻的大美人，不，現在已經能說她是小美人了。雖然年紀小小，珠子已經有獨特的氣質。

我不時會去彩雲家，老實說是因為想看那孩子。漂亮的孩子有如鮮花、蝴蝶或寶石，可說是大自然的傑作。

這間房子包含有灶腳的土間與兩間榻榻米房，珠子和母親在這裡一起生活。常常我去彩雲家拜訪，都會看到有男人在，珠子則是獨自在土間的角落玩耍。

在這種情境下，珠子只要不看見母親與其他男人的性事就沒問題了嗎？一想到這點我就五味雜陳。

然而，這個市鎮的居民道德感與我不同，我和彩雲也沒熟到能和她聊這個問題。只是每當我看到這位在松山知名的娼妓、賞錢比常人高一倍以上的第一紅牌與她年幼漂亮的女兒同住，就會忍不住皺眉。

三

我們住進松山的工廠後，過了將近一個月，另一個分隊從臺中轉調來。由於整個部隊在為回歸日本這天做準備，會逐一將分散在臺灣各地的分隊聚集到臺北周邊，有些分隊會受派遣地情況影響而延遲集結。

這支分隊有一輛來不及歸還給佔領軍的卡車，在權責不明的情況下，被允許使用到歸還為止。他們全員坐著卡車從臺中山區前來。

該分隊的隊長姓阿久津，是名健壯資深的伍長。而告訴我彩虹謎語的宮地一等兵，之前也和阿久津待過同一分隊。

在軍隊中，有人是在現役情況下接受徵召，之後三度收到召集令。只要擁有實戰經驗，就算年紀才三十左右，就已具有老兵威嚴。身為知識分子補充兵的宮地與阿久津年紀相仿，[7]但比較兩人之後，會發現兵役長短竟會造成如此大的差距。

話說，由於工廠能接受的人數已達限制，無法讓他們服勞務，他們之所以來這裡，是部隊總部沒有適合安置的場所而強行安插，我們索性善用他們帶來的卡車，承包民間運送業務。我們生意很好。那時運輸相當匱乏，只要不是碰到不給運費的奸詐平民，收入都很豐厚。過沒多久工廠發不出工資，之前在工廠工作的我們轉為利用那臺沒歸還的卡車，改做起運輸業。就這樣，最初感覺像寄人籬下，心裡很不是滋味的阿久津開始威風起來。

戰爭結束後，士兵們似乎都已成為平民百姓，原本被禁止的營內賭博和擅自離營都已公然進行。酒色是莽漢專屬的世界，之前在軍中已經獲得許可，現在在我們這種靠兼差荷包賺滿的部隊更是毫無節制。不知不覺間，在軍中阿久津伍長成為玩樂方面的核心人物。

過了不久，阿久津伍長在松山繁華的市街已無人不曉。他還從臺北帶來一位認識的流氓，向我們問道：「這傢伙想要手槍，有沒有還未歸還不在清冊裡的手槍？」我聽了忍不住皺眉。

「阿久津，你要有點分寸。松山已經快被總部盯上了。」我訓誡他。

阿久津和我不同，他是個散發濃濃老兵氣息的士官，向來以粗暴自豪，不時會對下級士兵暴力相向，讓人摸不透他在想些什麼。

那時我們已經無法靠軍規約束士兵，下級士兵的人數又占多數，就連阿久津也得屈服，無法為所欲為。他似乎因此積了一肚子怨氣，很想找一個發洩出口。個性柔弱的宮地成為可憐的犧牲者。

阿久津在終戰那年的春天晉升為伍長，他在之前的兵長時代與宮地是戰友。沒有從軍經驗的讀者應該不知道戰友這項傳統制度。在軍中，內務班會安排一位老兵與一位新兵當搭檔，彼此互相照顧幫助。這麼做是為日後展開的肉搏戰做準備，但確實是很奇怪的關係網絡配置，我很懷疑是否真的派得上用場。

這麼一說才想到，當時阿久津和宮地好像擔任過隊上貨車的正副駕駛，單獨展開行動。這種搭配視對象而定，有時會對下級士兵帶來很大困擾——不對，應該說多半時候都可能造

7 補充兵是在兵源充足情況下，接受基本軍事訓練，以備日後補充兵員缺額的軍種。小說中的宮地是知識分子出身的補充兵。

成困擾。

阿久津一開始抵達松山時，一看到宮地就露出懷念的表情，吆喝道：「嗨，戰友。」

宮地則一臉凝重對他點點頭。

「怎麼啦？你還是一樣無精打采呢。不過現在我來了，你可以放心了。」阿久津有些刻意地和宮地套交情，拍著他的肩膀。

在戰地常會看到這種情況。之前曾一起共事的同袍睽違許久不期而遇，彼此像法國人一樣摟在一起，臉貼著臉，但宮地看起來沒有很開心。不過他一直都是位憂鬱小生，我原本也誤以為他們是交情很好的戰友。

阿久津在夜裡常拉著宮地出去，宮地雖然起看起來有些困擾，但還是跟他一起出門，我也不覺得有什麼奇怪。有些同袍雖然階級不同但志趣相投。很快地，他們兩人常去楊彩雲家的傳聞傳進我耳裡。

有人既納悶又羨慕地跑來告訴我，說松山第一紅牌彩雲深深迷上阿久津，現在阿久津就像她的情夫一樣。

「宮地到底和阿久津一起去『牽手』那裡做什麼？」我被激起好奇心，試著問道。

「他很疼愛牽手的女兒珠子。」那名報告者回答。這件事不難推測。

「因為宮地陽痿，不管阿久津在一旁和女人如何亂搞都無所謂。」

宮地不能人道的事在部隊裡是出了名的，不過我認為應該是他從來沒在外面買春，才會有這樣的說法。軍中也有人是想對留在國內的妻子盡一份道義，或不想和看起來需要施打疫苗的女人上床，才不靠近那種地方，不能太過武斷地說宮地無能。

況且我也不相信宮地無能。如果真是如此，當初他受到徵召時應該就會被剔除。聽柴木說，很久以前他跟宮地在臺南曾一起去過新町的花街。當時宮地看不上陪他的女人，沒玩樂就直接走人。他會這麼做可能是對女人有潔癖或感到尷尬。如果他真的無能，一開始就不會去花街那種地方。

宮地是在終戰前被編入，跟我來松山這個東拼西湊組成的分隊，我連他以前長什麼樣都不太記得。但據我所知，宮地似乎不喜歡女人。同袍邀他一起去買春，他總是苦笑著閃躲，如果有機會和地方年輕姑娘說話，他也會表現一副勉為其難的樣子。

我詢問同樣是知識分子補充兵，跟宮地感情不錯的柴木，他說宮地以前沒那麼誇張，大約是在一年前和阿久津一起展開軍事行動後，對女人不感興趣的傾向才愈發強烈。雖然這麼說，柴木也不是很確定。

總之，我認為人們會半開玩笑傳出這種有損男人名譽的傳聞，是因為宮地不適合從軍、連大聲說話也做不到。這是軍中常有的事。

當時發生一件事，是彩雲親口和柴木說，柴木又將消息轉一手給我。想起當時情況，我感到十分意外，也覺得宮地給人的印象比之前更怪異。

彩雲從阿久津那裡聽說宮地無能，對他產生好奇心。她的好奇似乎充滿情欲氣味，阿久津像彩雲提議，要她嘗試刺激誘惑宮地，彩雲馬上躍躍欲試。

阿久津每天都會泡在彩雲家，四處說彩雲是他的女人。至於彩雲是否真的把當他成情夫就不得而知了。她可能覺得阿久津出手闊綽也很有魅力，而把他當家人看待，會這麼做應該是經過算計後覺得有利可圖。有人提出這種觀察。

如果從彩雲把阿久津當自己家人的角度來說，宮地也受到同樣待遇。彩雲對宮地沒什麼戒心，宮地很疼愛珠子，將珠子視如己出，可能就是這點讓他博得彩雲好感。

「宮地先生，既然你這麼疼愛珠子，那把她送你好了，你可以帶她回日本。等她長大後再娶她當老婆吧。」彩雲看到宮地專注陪珠子遊玩的樣子，笑著這樣說。

「我並不想回日本。」宮地別過臉回應，似乎刻意避開彩雲親暱的視線。

「既然這樣，你想和我永遠待在這裡嗎？」

「喂，別忘了，妳是我的牽手哦。」阿久津一把抓住彩雲手腕，將她拉過來，刻意撫摸她的腹部給宮地看。

宮地就像是不想讓珠子看見大人粗俗的面貌般，將她的小臉藏進自己胸前。有人目睹這個場面跑來告訴我。

宮地背著珠子在那一帶散步的樣子很引人目光，不過沒人笑他古怪。在等候歸國的士兵眼中，宮地那副模樣反而激起他們思鄉之情。鎮上人們看了，似乎只認為那是一位很疼愛孩子的士兵。

有一次宮地抱著珠子坐在石橋扶手上一起仰望天空時，我從旁邊路過。天空出現一道彩虹。

「珠子確實是很可愛的孩子。」我忍不住說道。比起彩虹，珠子讓我看得更加入迷。宮地就像自己的孩子受人誇讚般莞爾一笑。

「你們在這裡做什麼呀？」

「我們正在討論能不能走過那道彩虹橋。」宮地回答。「我說走得過去，但珠子說，彩虹橋那麼圓，會滑下來的。她不相信我說的話，這孩子也有固執的一面。」

「雖然是個小孩，卻有這麼悲觀的想法。不過她很聽你的話對吧。」

「對，在所有人中她最聽我的話。這孩子年紀很小，意志卻很堅定。」宮地一臉自豪地說。

「班長，我們絕不能讓這樣的孩子落入不幸。」

「嗯……」我不懂宮地的意思，只能不置可否地回答。

隔了幾天，柴木從彩雲那裡聽聞一件事。

阿久津突然展現他粗暴的個性。那天晚上他好像很晚才帶著宮地到彩雲家。宮地不會喝酒，於是阿久津打開一瓶一升的米酒和彩雲暢飲起來。[8]那天他在民間運輸行動中似乎發生不愉快的事，讓他猛發牢騷。接著他提到宮地出門工作前，忘了先將他豬皮長靴上的泥巴清乾淨，說到這裡突然發起火，猛然將宮地拖倒在地痛揍一頓。

一開始彩雲只是冷冷看著，但後來阿久津愈打愈兇，一旁的珠子害怕地哭起來，彩雲於是起身抓住阿久津勸他停手。在舊日軍時代的軍營裡，每晚幾乎都會上演這種戲碼，不過彩雲是第一次見識到這樣的阿久津。她本來以為阿久津和宮地是交情很好的同袍，因此也有點嚇到。

可能是彩雲發出的尖叫聲讓阿久津回過神來，他方才停手，沒再繼續毆打宮地。阿久津手中握著那支他從工廠穿來的皮革製軍靴，他暴躁的樣子以及宮地打不還手、只是壓低身軀任憑毆打的安靜模樣，都怪異地呈現在彩雲眼中。彩雲想替宮地擦去額頭上的血，但宮地閃避開來，一把抱起害怕的珠子逃往隔壁房間。

那晚阿久津特別興奮地與彩雲翻雲覆雨，讓她累得喘不過氣來。當他將全身重量壓在彩雲身上時，彩雲重重吁了口氣，接著便睡得不省人事。後來她被阿久津搖醒猛然睜眼，才發現自己充滿彈性的乳房與鼓起的腹部完全裸露，連穢物也忘了處理，就這麼睡著了。

阿久津在她耳邊低語：「喂，接下來我和宮地換手，妳去找他，身體借他用用。」

「才不要呢。我累了。」

「這是命令。不，算我拜託妳，好好疼愛他一下吧。如果你想換口味，像他這種不乾不脆的男人別有一番滋味。」

「你這個人真是討厭。」彩雲嘴上這麼說，卻突然同情起宮地。她從宮地身上感受到一股特別魅力。

她急忙清理身體前往隔壁房間。她的家與那些只勉強點了香湊和使用的暗孔房間不一樣，屋內設有電燈。

房間雖然已熄燈，從窗外射入屋外的微光，卻讓人能清楚看到宮地和珠子一起躺著睡著了。彩雲想起自己丈夫在世時的情景，不禁懷念起過往。

彩雲心想，宮地突然沒來由被揍那麼慘，之後還被迫在隔壁房間聽他們發出怪異的聲

8 日本的一升相當於一．八公升。

音，不管他再怎麼安份，像人們說的無法人道，也不可能輕易熟睡。宮地只是在裝睡。到底他是不是真的無能，對她的誘惑又會如何反應，這些都讓彩雲滿心雀躍與期待。

她向柴木說了當時情形。

「我湊近後發現宮地先生真的睡著了，看起來很幸福的模樣。珠子的小臉就壓在宮地先生臉龐下。我突然有種奇怪的感覺，覺得他們兩人就像戀人。」

宮地看起來不像一般喜歡小孩的青年，與珠子的關係，也不像一位親切慈愛的大人遇見一位和父母緣薄的小孩時，發展出的兩人關係。他們更像一對相戀的情人。彩雲有這種異樣的感受。

宮地被輕輕搖醒，很敏銳地睜開眼。他在昏暗中發現彩雲掛著笑意的紅唇，與壓在他身上一絲不掛的胴體。他猛然推開彩雲肩膀，壓低聲音強硬地說：「妳這是在做什麼？珠子在這裡耶。珠子她……」

接著他從彩雲的身下溜走爬向土間，就這樣奪門而出。

四

兩、三天後，珠子突然不見蹤影。彩雲急忙四處找尋，可是在附近的道路或人家都找不到珠子，也沒人知道她在哪裡。彩雲是很晚才發現她失蹤。

彩雲是在日暮時分發現珠子不見了，她往前回溯兩、三小時與更早以前，也不記得在家中看過珠子。

最後看到珠子的人可能是橋旁邊的香鋪師傅。他說下午兩點左右，好像看到珠子在石橋上。他在竹芯上塗抹糖漿與白檀粉，把竹香晾乾，在外面站了十分鐘左右。他看到珠子一直在石橋旁玩，當時不覺得哪裡不對勁。

下午這個時間是小孩子覺得很無聊的時候。彩雲沒事時都會午睡，而珠子的唯一好友宮地通常要等到天黑才會露面。大部分時間她都是自己一個人玩，有時也會不知道如何打發時間。聽說在別天，那名年輕的製香師傅也曾看過珠子站在橋邊，而出聲向她叫喚。

「珠子，妳在那裡做什麼呀？」

「大哥哥，我在看彩虹。」

「哇，出現好漂亮的彩虹。」

「我在想，怎麼樣才能爬到彩虹上面。」珠子舌頭不太靈活地說。

終戰過後時局混亂，日本人已喪失警察權，本島人與新任員警還無法溝通，沒辦法仰賴他們。彩雲馬上想到宮地。她心想該不會是他把珠子帶到部隊去了，於是跑來找我們。

珠子當然不在這裡。宮地已經回到工廠宿舍，說那天也沒見到珠子。於是我馬上召集有空的人，以宮地為首組織了一個搜索隊。

大家聽到珠子曾在石橋邊玩，並說想爬到彩虹上，心中都浮現一絲不安，擔心她會不會掉到河裡。然而她失蹤可能已是好幾小時的事了，要是她真的落河，除非已在某個地方獲救，否則結果一定會讓人絕望。

由於珠子還是孩子，大家仍抱持一絲希望，認為她可能在某戶人家後院玩得太專注，一時忘了回家。我們請松山的義警團幫忙搜索市鎮，小隊則沿著河邊搜尋。

市鎮後方的運河從石橋底下流過，蜿蜒地流經河灘中央再匯入基隆河。這一段運河的水看起來很淺，但其實相當深。我們很仔細搜尋附近，接著往基隆河下游查看，但都沒發現珠子。最後在連續找了兩天後，我們明白只能放棄。

彩雲連續哭了好幾天，可是她的生意並未完全停擺。某位士兵說她與阿久津荒淫的關係變得更加放蕩。

我在意的反而是宮地。珠子失蹤後，宮地便不再和阿久津一起去彩雲家。這固然是好事，但他似乎一直在鑽牛角尖地想事情，這種情況愈來愈嚴重，他看起來彷彿是自身憂鬱暗影凝聚成的形體。

彩雲毋庸置疑十分悲傷，但她就像之前失去丈夫一樣克服悲痛，展現出繼續活下去的強悍和堅韌。我認為受到珠子的死深深打擊，難以重新振作的人反倒是宮地。一想起這個死去的漂亮女孩，我也不免鬱悶，沉浸在傷感的情緒中。

不過，我認為在戰敗跟主權更替的大變動下，人們很快就會抹除這種微不足道的悲傷。我做夢也沒想到過沒多久，竟然會發生被稱為「松山事件」的慘案。

珠子失蹤後不到十天，彩雲也喪命了。她的鄰居在早上八點左右跑到我們工廠宿舍通知這起事件，我感到既錯愕又傷腦筋。

這起事件和珠子情況不同，不能擱置不管。因為不光是彩雲，連阿久津也死了。我和兩三名同袍一起趕往她家，那裡已有幾名鄰居與義警團團員在現場管制，不讓聚集在門口的鎮上居民進入。似乎還沒人通知中國的警察，現場維持原樣沒被動過。

彩雲的身體探出木地板外，睜大眼睛仰躺著斷了氣。這死狀一看就知道是被人用力勒斃，她死時放蕩的模樣讓人聯想到女人的罪業。以這種方式完結生命倒是跟她很相配。

相較之下，阿久津的屍體更讓我們驚嚇地僵在原地。他懸吊在房屋裸露的橫梁下，身體被拉得長長的，模樣既可怕又難看。阿久津同樣也睜大雙眼，像在瞪人般俯視著我們。

「這也太慘了吧。」同行某人似乎感到很驚恐，在我身邊低語。

「阿久津這傢伙終於走上絕路，他果然是不得善終的人。」

這起案件最終被認定為強迫殉情，事後應該也是如此對中國方報告。不知道中國方是否能接受這種看法？但或許處於紊亂局勢中的他們，也沒閒工夫理會市井發生的案件。

由於這是最合理的解釋，我暗自慶幸能這樣收場。但其實我有不同看法。最初我如此推測：阿久津突然動粗，發狂似地勒住彩雲脖子，他發現彩雲斷氣後，將繩索繞過橫梁自縊而死。我猜測這是兩人過世前一晚發生的事。

然而，有一個和我一起趕往現場的人卻抱持不同見解。他是一名姓市貝的上等兵，受徵召前在東京下町警局擔任巡查部長，後來被徵召為補充兵。從他指出的疑點，能看出他的觀察十分敏銳。

阿久津懸吊在橫梁的屍體不能就這樣放任不管，於是我下令士兵將他解開來擺在土間。市貝解下纏在阿久津脖子上的繩索時，看了看脖子的勒痕，接著對我悄聲說：「雖然還不是很清楚，不過班長，這繩索的勒痕感覺很複雜呢，死狀也有點可疑。」

「怎樣說？」

「假如說，可能是先把死者勒斃，再用同樣的繩索吊起來，這麼一來就會變成真假難辨的狀態。」

「怎麼可能有這種事。你意思是他們兩人都是被第三者殺害的？」

「我可沒這麼說。也許就像大家推測的，殺害牽手的人就是阿久津先生。但也可能有另一人在。」

「為什麼……」

「大門沒被破壞。附近住戶是怎麼一大早就進入這戶人家的？」

「原來如此，聽說大門沒有從內反鎖。這麼說來，你是指昨晚阿久津和牽手死後，有人從屋內離開嗎？」

「也是有這個可能。」市貝笑著回答，他作為一名士兵同樣常展現幹練作風。「但這個時候不要到處查探這件事，或許才是明智之舉。」

他的一席話差點看穿我心思，我無法隨便反駁。當時在其他部隊，下級士兵會聚在一起謀反，殺害憎恨的上級，這類傳聞已經不只一兩件。我也聽過有隊長在返回日本船上突然失蹤，有人可能因此睡不好。但我不是很贊同市貝的推理。

因為沒有證據。阿久津頸部的繩子勒痕不是很清楚，我們也無法進行精密查證。當晚，除了阿久津以外，我們都沒找到其他人在場的人證，以及能作為證據的痕跡，就連大門沒鎖也能被理解成忘記上鎖，畢竟彩雲的家在晚上是特別開放的私娼寮。

我在同一天中午前往總部報告這起案件，部隊長似乎接納了我的意見，不過這位性格比外表怯懦的男人考量到部隊面子，一直沉著臉。他沒有像終戰前那樣嚴厲訓斥，但我還是被狠狠挖苦一頓。

「松山隊太放縱了。原本我想只要別發生這種事，就能睜一隻眼閉一隻眼。之前我不是提醒過你嗎？這可是你的責任喔。」隊長說。

都這種時候了，我根本不把部隊長的譴責當一回事。不過他就像在懲罰我般，將松山事件一切後續處理工作都丟給我，真是讓人受夠了。命案當天也算在內，整整三天我往返於松山和臺北之間，前往軍司令部殘留的機構退伍業務部，[9]忍受眾人夾雜鄙視和好奇的眼神。

好不容易忙完這一切，接著又有一件麻煩事在等著我。這次換宮地一等兵失蹤了。宮地留下一封要我親自閱讀的信，便私自離開松山的工廠。

——再三造成班長的困擾，真的很抱歉，請原諒我的任性。

五

過去我受到許多束縛，無法照自己意思行動，但現在我想忠於內心。來到松山後，我在這個得天獨厚的環境，終於有餘力思考今後要走的路。這點要感謝您。

如果我在退伍前被允許自由行動，那我不打算留在部隊裡，也無意返回日本。我和大家不同，是孤獨一人，就算回去也不會有什麼不同。

自從阿久津伍長來松山後，我又重新憶起戰爭中承受的痛苦。那讓我下定決心。您曾問過我：「你討厭女人嗎？」當時我應該沒回答您，現在我來跟您說明實情。

之前我曾經歷某事，從那之後便無法人道。那是在一年前左右，還是兵長的阿久津伍長和我從臺中前往鳳山領回新車時發生的事。

前幾天我在牽手家吃盡苦頭，伍長命令我和牽手上床。他明明知道我已經成為完全不想

9 退伍業務部的日文名稱為「復員業務部」，成立於一九四五年，隸屬於復原省。復原省是二戰後負責日本軍隊退伍事務的政府機構。

和女人上床的男人，還是強迫我這麼做。我看著牽手放蕩的模樣，不但沒被引起性欲，還想到當初領新車時的經歷。我感到十分恐懼。

當時我們從臺中搭火車前往鳳山，在當地兵工廠領取一輛全新的卡車，直接把車開回來。深夜時分我們來到臺中州山上，阿久津伍長說：「這一帶我認識一戶民宅，接下來沒辦法硬開下去了，我們去那裡過一夜吧。」

原先我想撐著再開一段路，不過伍長之前曾經來過這裡，他可能一開始就有這個打算。那時正值去年初冬，我們雖然在靠近北迴歸線的地區，在夜半時分依然寒意刺骨。伍長停車的地方是一個寒酸的小村落，只有十戶左右的零星人家。伍長下車後，敲了某戶人家的大門。

走進屋內一看，是一間簡陋的小屋。我很意外，伍長竟然會專程來這裡過夜。屋內土間鋪了一小塊木板地，並以草蓆當牆壁區隔廚房和睡覺的地方，看起來相當克難。這間小屋住著一位有點姿色的寡婦與她年幼的女兒。房裡看起來很缺燈油，於是我從攜帶罐中抽出一些煤油分給她們，那名寡婦非常開心地點亮一盞小燈。由於天氣寒冷，女人還在土間為我們升火取暖，伍長也將自己帶來的罐頭分給她們。

現在伍長已經死了，我才能說出這件事。那晚我看到伍長向那名年輕母親求歡，便帶著毛毯，來到那位裹著破毛毯睡覺的小女孩身旁，直接穿衣服躺下。女孩因為我們剛抵達時的喧鬧一度醒來，很快又睡去。她抱著我們給的罐頭沉沉入睡，是很可愛的小女孩。

我想強迫自己入睡，但伍長在旁邊動個不停，讓人無法入眠。這也難怪，伍長是以近乎強暴的方式在侵犯那名婦人。後來婦人放棄反抗，全身癱軟地遮著臉，伍長仍壓在她身上持續侵犯。就算不看也知道他在做什麼，我同樣感到很興奮。

這時伍長突然伸手拍打我肩膀。

「接下來換你。」他說。

我嚇了一跳，急忙搖頭，但伍長不理會。

「這是長官的命令。」他以可怕的眼神看著我說。

當時我也很亢奮，於是在混亂的情緒中爬向那名女子。一臺被放在架上沒有燈罩的油燈照亮婦人的身軀，她仰躺著下半身裸露，一動也不動。那模樣極具刺激性也非常詭異。她全身一絲不掛，唯獨臉部用一塊破毛毯遮住，讓人看了更感刺激。

我忍不住伸手將那塊毛毯撥開，心想不管如何也不想將女人當物品般對待。接著我大吃一驚，那名女子睜大雙眼，眼睛一下也沒眨。

「她死了。」我顫抖著轉頭說，但阿久津伍長不接受我的說法。

「說什麼傻話，不可能。你這個膽小鬼，快點做！」

當我回過神來時那女孩已經醒了。她站在我身旁，手中還抱著罐頭，一臉不明白發生什麼事的表情，茫然地低頭看著全身赤裸躺在地上的母親。

連我也不知道當時心理狀態是怎麼回事。就算犯下無可避免的罪行而產生恐懼，那又如何？人在腦中一片空白、感覺爛醉如泥時會想大鬧一場。當時我可能就是體驗到這種昇華感——不，也許根本不是這麼一回事。總而言之，我在一個小孩面前侵犯了她母親的屍體。

想必經由這樣的自白，您應該能理解之後我對女性態度的轉變。現在我能像第三者一樣冷靜，甚至是有點虛偽地寫下這份自白，實在很不可思議。一定是因為我在之後又犯下另一樁罪行，而獲得下定決心的轉機。

班長，是我殺了阿久津伍長。那天晚上我在他的強迫下，和他一起去牽手家。我看到伍長突然開始掐牽手的脖子，心想必須阻止他才行。但我力氣實在比不過伍長。我自認如果採取一般做法，根本沒辦法阻止伍長施暴，於是冷不防拿起一旁的繩索纏住他脖子，從身後勒住他。

我原本的目的是要瓦解伍長力氣，卻誤殺了他。等我回過神一看，牽手也死了。於是我將伍長屍體布置成自殺的樣子，逃離了現場。

我今天會離開部隊。您可以將這份自白給部隊長看，說明我逃走的理由。請不要搜尋我的行蹤，那只是白費力氣。

我會跟隨珠子離開人世。再見了，班長，長期以來受您關照。您的大恩我死後仍不會忘記。請代為轉告部隊裡的同袍，我祈禱大家都能平安回到日本。

六

我將這封信帶往總部，部隊長看了之後又擺出不悅的表情。儘管信中說不要搜尋，軍方當然不可能這麼做。我派人分頭到宮地可能會去的地方，找了一個禮拜。但果真如他所言，搜尋只是白費力氣。

坦白說，宮地不是第一個終戰後的逃兵，之前也有士兵偷竊軍中的私人物品後潛逃，後來一樣沒查出下落。最後，搜尋宮地的任務也終止了。我們一度接獲消息，說在新店溪山中發現一名貌似宮地的男子。部隊裡的人說以宮地的情況來看，他人概是在那一帶追尋他最疼愛的珠子腳步離開人世。當時我也這麼認為。

在部隊裡，比起宮地犯的罪，阿久津伍長隱瞞的罪行才是大家討論的話題。之前部隊就曾有過這種傳聞，但沒人真的相信。當時還在戰時，如果公開此事，阿久津伍長便得接受軍法審判。假使宮地沒說出來，應該沒人會知道這起事件，確實很不可思議。宮地的自白令我們瞠目結舌，深切感受到什麼是因果報應。

松山事件是戰後一起很大的案件。後來我們的部隊意外提早回到日本，除了兩名逃兵，全體成員都在基隆坐上美國運輸艦。每個人都滿心雀躍，流露出想將外地回憶全部刪去的神情，因此這起案件沒再成為大家談論的話題。

時光飛逝，轉眼二十年即將過去。我對那起事件留下悲慘可怕的回憶，但因為沒什機會想起，印象也就逐漸變得淡薄。直到最近我才有機會得知事件的真正含意，在二十年後的今天，它仍持續有自己的生命。

近期在東京，某座新落成的飯店舉辦了一場展覽，我受邀前往。在飯店大廳，有人用長久以來已經遺忘的名稱呼喚我，讓我猛然一驚。一名看起來像是富裕旅客的中年紳士，從長椅上起身朝我走來。我看著他卻想不起對方是誰。

「您忘了我呀，班長。」男子說。「這也難怪，我是宮地。」

「咦，宮地，你還……」活著？我原本想這麼說，但看到他身旁站著一位妙齡美女，而把話吞了下去。

宮地遞給我他的名片，上面印了中國名字「楊高秋」，還有位於香港的公司名稱以及社長的頭銜。在他的邀約下，我丈夫金剛摸不著頭腦地和他來到專屬房間喝茶。直到他結束說明時，我都沒發現那位笑咪咪坐在一旁，被宮地介紹為自己妻子的妙齡美女，竟然就是彩雲的女兒珠子。

原來珠子沒有落河而死，是宮地悄悄將她帶走，拜託友人將她藏在臺北。一切都按照他的計畫進行。宮地展現出沉穩優雅的態度，手抵著後腦，一再為當時給我添的麻煩道歉。

那時宮地不想回日本，於是他請託從事公所相關職業的友人，趁局勢混亂幫他編造臺灣省民的身分。他打算拯救珠子脫離惡劣的環境，自己親手將她養大。他帶走珠子後發生的事件純屬偶然，但如果軍方搜查他的下落就麻煩了。於是他才留下那封信。他解釋事情原委，又搔起頭。

不過，宮地一直沒說清楚那起事件。原本有好幾次我差點開口問他：「你真的殺了阿久津嗎？」但看到珠子在旁邊又把話嚥回去。珠子只是在一旁面露微笑，也不知道她是否聽得懂日語。我隱約覺得不該在她面前提這件事。

現在名叫「楊高秋」的宮地後來遠赴香港，事業有成。目前他跟珠子正在世界各地旅行，隔天預定從羽田前往美國。我覺得他們想渡過彩虹橋的夢想即將要實現。我和這對年齡差距如同父女的幸福夫妻一起笑著談論往昔，聊了約兩個小時後就此別過。

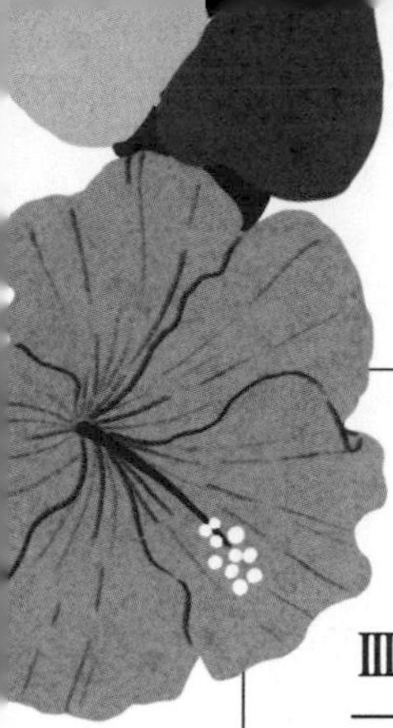

Ⅲ－引發風波的屍體

在一九四二、四三年，我隸屬於新竹憲兵隊時經歷了一場詭異的事件。[1]當時新竹市在日本領土中，仍是臺灣北部新竹州的州政府所在地。由於駐守在大溪郡龍潭庄的砲兵隊出狀況，我被派到大溪街一帶的分屯派駐署。這裡所說的「街」相當於日本的「町」，而只要把「庄」想成「村」就行了。[2]

那起事件大概發生在三月三日清明節前後。雖說是在臺灣，當位處副熱帶的新竹邁入冬季，即使是晴天也一樣寒冷，有時甚至冷到刺骨。大溪郡位於淡水河西岸的高地上，可能因此特別冷冽。事件就是發生在寒意稍減，氣候略為宜人的時候。

當龍潭庄警局與分屯署聯繫時，正好輪到我們這班駐守，所以由擔任班長的我聽取警方報告。

根據警察說明，當天早上庄內一名農家男子跑到派出所求救。男子發現住在他家隔壁的軍伕妻子遭人殺害。[3]婦人好像是遭人強暴後勒斃。

昨天晚上十點左右，向警方報案的農夫到隔壁家借鹽，曾看到一名士兵在女人家中喝酒。那名士兵是附近高射砲隊一位姓武島的上等兵。[4]女人的丈夫雖然被稱為軍伕，其實是臨時雇用的苦力，被借調到新竹郡湖口營區的工地工作，不在家中。我已經忘記他的姓氏，就假設他姓林吧。

聽說林氏的隔壁鄰居到派出所報案路上，經過高射砲隊紮營的小學旁，突然想起武島而停下腳步，往操場窺望，碰巧武島就在那裡。他在充當伙房的工友房前劈柴，一和農夫對上眼，突然舉起手中斧頭朝他追了過來。

農夫死命逃跑，一路衝進派出所大聲求救。他甩開武島後，顫抖地說：「昨天晚上他在林家待過，我是唯一的目擊者。他一定是要來殺人滅口，快想辦法救救我。」

員警馬上命他帶路前往現場查看。在保留現場證據後，員警騎著自行車趕到大溪街，奉大溪街警局命令到憲兵隊通知此事。

我決定帶一名輔助憲兵趕往命案現場。我跟他們說：「派一個人跟我走，誰都行。」說完便到外頭等候。過了一會兒，一名士兵套上臂章走出來。我問：「你們在磨蹭什麼？」他回答：「在場的六、七名士兵用猜拳決定誰去，最後是我贏。」我記得這名輔助憲兵姓木崎。

1 在日本軍隊中，憲兵隊職位如同士兵警察，負責管理士兵、處理軍中人事糾紛與刑事案件等。

2 臺灣街庄制為日治時期行政區域規劃制度，從一九二〇年開始實行到一九四五年。街庄為臺灣地方行政制度「州—郡、市—街、庄」中最基層的行政組織，名稱依臺灣舊慣地名命名。

3 軍伕為在軍中處理雜役的人。

4 在日本軍隊中，高射炮隊主要負責在高樓與政府機構頂樓架設防空砲，並在遭遇空襲時砲擊敵機。

我面露苦笑，和龍潭員警一起騎自行車前往命案現場。

每一位士兵都想去謀殺現場似乎有點奇妙，不過男人會受到女人被強暴致死的模樣吸引，或許也不能說很奇怪。他們似乎對員警事先保留現場原狀感到興奮。士兵們在性方面一直受到壓抑。

聽說印度的戒律經典中有一個故事，提到釋迦牟尼某個弟子看到路旁有具腐爛的女屍之後便夢遺。這可能是一般人很嫌棄的事物，但反映在備受壓抑的人眼中，或許會伴隨一種快意。我在前往現場時腦中一直想著這件事，坦白說看到林妻屍體淒慘的模樣，我在嫌棄同時也感到亢奮。

我與員警一同勘驗現場後前往高射砲隊，那是一支小隊編制的部隊。我請隊長和班長隨行，嘗試對武島上等兵展開偵訊。武島堅持否認犯行，整個人顯得異常激動。他的體格精壯，精神狀態卻不太尋常。

武島堅稱不知道這件事，但提不出不在場證明。他似乎是一名苛刻的上司，昨天晚上一名站崗的新兵不小心說溜嘴，講出他在熄燈後私自離營的事。一般來說部隊都不會想交出罪犯，如果只是發生一些小案子，通常會想壓下來。然而這畢竟是殺人案，隊長也怕背負責任，而採取極力配合的態度。

隊長很積極蒐集部隊內的資訊。結果得知武島個性粗暴，附近的居民都很怕他，有時他會趁林氏不在時去他家。

林氏的妻子已經變成屍體，不過看得出來是個皮膚白淨的女人。員警懷疑那名前來通報的鄰家農夫而對他展開調查，但最後歸結這名男子值得信任。

武島在林氏茅屋裡喝的酒也有問題。早在半個月前，林氏就已不在家，他的妻子也不喝酒，這件事有許多人做證。因此出現在林氏家的酒不是事先買好，而是武島擅自帶酒去喝，不管武島如何含糊以對都無法否認。

換句話說，他的行為全是自發的。他暴力性侵林妻，最後還殺了她，我們如此總結。於是武島上等兵被押送到新竹市憲兵隊，等候接受正式偵訊。

龍潭的庄公所想通知人在湖口的林氏這起事件，詢問我是否同意。在護送武島到總部時，我將此事寫進報告書中，請隨行人員代為呈交。總部回覆：「我方會調查林氏所在地，馬上提出許可。」這件事也通報給湖口庄。

林氏家位於龍潭的村落，我們打算等林氏回來後再準備辦喪禮。但此時正對武島展開偵訊的總部突然下令：「馬上將被害人的屍體送來。」他們說明武島始終不肯坦白罪狀，必須以科學手法驗屍。

二

那天早上，我從大溪街的街公所借來一輛卡車和一名本島人司機，帶著輔助憲兵木崎上等兵一起出發。時至今日說到臺灣人時，還有很多人以為臺灣人是指高砂族蕃人。但抱持這種想法的人，要如何解釋日本戰敗後將臺灣歸還給中國的理由？日治時期所說的「本島人」，指的是從中國福建、廣東省一帶移居到臺灣的中國人。

在前往龍潭的村落前，我先繞去高射砲隊。之前我和隊長一起想過，決定由部隊建造一口入殮的棺材給林妻以示贖罪，現在便是去領棺材。我萬萬沒想到最初這份善意，竟然能在運送屍體時派上用場。

這口棺材是由部隊裡的木工兵親自打造。奉隊長命令將棺材運給我們的士兵，一臉不悅地說：「雖然我以前是地方的木匠，但沒想到來軍中竟然要打造棺材。」

「別這麼說，做得挺好的不是嗎？」年輕的隊長面帶苦笑說。

棺材外表晶亮，打造得相當精細講究，原木木板也刨得很漂亮。

本島人打造的船型棺材有氣派的雕刻，做工曠日費時，而且價格不菲。聽說要買一口棺材，生前就得開始存錢，還要先預訂。或許臺灣人不會中意日本這種外觀簡潔的棺材，不過貧窮的林氏似乎沒事先準備棺材，我認為有這口棺材，他應該會感到滿意才對。

我們將剛做好的棺材運上卡車貨架，前往村落。

前一天我們已經通知過憲兵隊要重新驗屍的事，可是村民們好像還是很不滿。林氏隔壁的鄰居前來問道：「要解剖屍體嗎？」

他其實沒說那麼清楚，日語表達得不夠明確，不過在詢問過程我聽懂他的意思，回答道：「得視情況而定，或許會這麼做。我還不知道總部的意思。」

他們聚在一起不知道討論什麼，又以隔壁鄰居為代表前來跟我交涉。

「林氏應該就快回來了，可以等他嗎？要是就這樣再也無法見妻子一面，他實在很可憐……」

「遺體會歸還的。雖說是解剖，但不像你們殺豬那樣將人大卸八塊，我們也還不知道是否要解剖。」

他們再度面面相覷，接著那名鄰居男子說：「我們想陪同去新竹，可以嗎？」

「好啊，可是只能兩人一起同行。」我思考片刻如此答覆。我們乘坐的是公所的車，老百姓一起共乘應該無妨。

死者剛過世兩三天，庄公所應該已經使用防腐劑，但屍體還是散發強烈氣味。我們將屍體放入帶來的棺材後，附近居民抓了一把在喪禮上使用被稱為「銀紙」的紙錢撒入棺材。那是要獻給陰間神明的。

原先木造的棺材很顯眼，於是我簡單以釘子固定棺蓋後，用卡車的帆布包裹住棺材，安放在貨架上。但從龍潭往新竹這條路上，用「安放」一詞或許不太適當。沿路都是高低起伏的山區，林氏的鄰居與另一位村民坐在貨架上，我和木崎則擠在前座。

其他村人在我們離開村落駛到比較寬廣的馬路前，都大排長龍跟在卡車後。有人在竹子上吊燈籠，有人則手持點燃的香。那位本島人司機了然於胸，在那段路上刻意放慢速度。

狹谷間的道路曲折迂迴，別說在後頭送行的村民身影，就連不捨離別的呼喚聲，都像被關掉聲音的收音機般瞬間消失。時間已過中午，太陽升到半空中，雖是現在還是寒冷的季節，但在這種晴空萬里的日子，副熱帶的太陽會展現本性照耀大地，只穿一件軍中汗衫十分合適。

卡車前座的空間狹小且無比悶熱，我的冬衣衣領漸漸溼了。在這條已經看不見村落的山間道路，沒有任何車輛和我們交會。道路逐漸往上爬升，來到連蕃人也不會居住的山脊相連地帶，耳畔只聽得見這輛車的震動聲。我們已經沒有話題可以聊，感到無精打采。同時我隱隱覺得不安，一度還戳了打磕睡的木崎一下，提醒他注意。

「上面的人不知道怎麼樣了。」

木崎上等兵在卡車行進中打開車門，動作輕盈地探出身子確認貨架，然後很自然地縮著身子回來，「碰！」地一聲關上車門。他笑著說：「兩人都靠著棺材睡著了，睡得很熟呢。」

我們來到左右兩側都十分開闊的地方，遠方能看見標高三千公尺的群山。那幅景觀美不勝收，又令人有些恐懼。會認為左右兩邊都能看到同樣的山，應該是因為道路蜿蜒。有時我們會看到造型突兀、有著怪異橫條紋圖案的山峰突然朝車窗逼近遮蔽陽光，這時車內溫度便會驟然下降。

我在這條路上往返過幾回，每次都覺得被群山愚弄。山就像遠古時代一種有著無窮生長力的生物，它無比狂野，絲毫不把人類放在眼裡，常常會露出冷峻的臉龐，在一陣冷笑後離去，而我們通過山時只能被迫縮著脖子、屏住氣息。

或者，最好的方法就是像木崎和貨架上那兩個粗神經的人一樣沉睡。在通過這一帶山區前，木崎一直靠著椅墊打呼。當我們進入新竹市後，他似乎也鬆了口氣，開始精力充沛地說話。

有東西從外面堵住前座後方的小窗，讓我們看不見貨架上的情形。木崎再度打開車門，探出身子往上望。

「他們也醒了，準備要下車。」

木崎笑著向我報告。卡車從龍潭抵達新竹的憲兵隊，一路都沒停下來。我們直接駛進營門，在兵營前停好車。正當我們準備將裹著帆布的棺材從貨架運下來時，從龍潭來的兩名男子歪著頭面面相覷，不知在說些什麼。

「喂，怎麼了？」

我從前座走出來呼喚他們，那名住林氏隔壁的男子瞪大眼睛，一邊比手劃腳，一邊以飛快語速說著我聽不懂的臺語。他似乎一時間無法用日語表達心情。同時，跑到貨架側板下方想幫忙的木崎與那名本島人司機，伸出雙手撐住從上方推來的棺材時，都露出奇怪的表情。

「班長，這個棺材變得好輕呀。」木崎面向我說。他們把棺材運下來掀開帆布，拔掉淺淺釘上的釘子，然後揭開棺蓋一看，裡面竟然空無一物。

三

在偵訊時，那兩位龍潭庄的村民嚇得瑟縮不已。至於他們是被那名擔任武島事件調查官的兇惡軍官嚇到，還是因為棺材裡的屍體在運送途中憑空消失而嚇壞，就不得而知了。

即便如此，他們還是極力主張：「我們什麼都不知道。運送棺材途中貨架上沒發生任何怪事。」精神相當可嘉。確實，如果他們坐在貨架上，想瞞著我們取出棺材中的屍體、把屍體丟下山谷，倒也做得到。負責偵訊的軍官似乎也只能往這個方向猜測。

但他們是為什麼目的做出這樣的蠢事？重新釘好棺蓋與將帆布包回原樣，都是需要特別注意的工作。雖然不是沒辦法做到，但我和木崎離開村落與準備運送時，棺材狀況看起來都沒有異狀。

不知道是他們完全瞞過我們雙眼，還是棺材被包裹得完好如初。總之我們兩人因為沒有好好注意，被狠狠嘲笑訓斥一番，眼下除了說謊根本無法明確答辯。為什麼村民們要做這種事？這個疑問在我腦中揮之不去，甚至誘使我們做出否定一切的答案。

就連偵訊的軍官到最後也納悶不解。他看到兩位村民驚恐的模樣，似乎逐漸明白他們並不是為了掩飾我跟木崎的不小心，把一切推脫到怪談般的現象上。

後來我們和村民姑且得到饒恕，被允許離開。不過我接獲嚴厲的命令，在回去後要吩咐大溪街的分屯署和龍潭庄的庄公所「全力搜查消失的屍體」。我跟木崎因為自己的過失給同伴們添麻煩，這是我最感羞愧的愚蠢行為。

在軍中，常會有人有效運用廉恥心讓人難堪，這種行徑卑劣且令人惱火。但從我的立場出發，我必須早點找出林氏妻子的屍體才行。

我們急忙坐上在外面等候多時的大溪街公所卡車，從原路折返。我想趁天還沒黑，盡可能仔細搜查一遍剛才走過的路，最後依然無功而返。天色轉暗後我筋疲力竭回到大溪，真是多災多難的一天。

不過，屍體消失的事帶來意外的效果。當天這件事在新竹憲兵隊內引發奇怪的傳聞。戰地裡的士兵愛聊怪談，尤其當時臺灣戰區還算平安無事，這種風氣就更盛行。有些士兵開始真的相信屍體是源於某種神祕因素，在運輸途中很自然從車上棺材消失，或靠自己的力量逃脫。

這麼說有點奇怪，我在部隊裡是個有信用的人。大家都相信我不是會掩飾自己過失的膽小鬼，也認為輔助憲兵木崎這個人平時喜歡迎合軍官，應該會怪罪那兩位共乘的村民，但他卻和我一樣堅稱沒有任何異常，這或許讓他們更加相信那個神祕的說法。

眾所皆知新竹州的民眾個性溫順，向來很配合軍方。這也提供證明，讓部隊的人相信這一切全是我親身經歷的怪事。然而，當這則傳聞讓部隊中開始瀰漫陰沉的氣氛，聽聞這件事的武島上等兵卻自己招供了。

武島娓娓道來自己的犯行。當天晚上他威脅衛兵，然後拎著一升酒瓶大剌剌擅自離營。他已經覬覦林妻許久，那天晚上便偷偷跑進林氏家，藉著醉意終於得逞。但在凌辱對方後，林妻狠狠瞪著他，眼角幾乎快撐破地說：「我要告訴隊長。」武島一聽，為了不讓別人知道他的犯行，興起了殺人的念頭。

儘管武島已經自白，那天晚上他在拘留所兩三度發出淒厲的叫聲，讓值班衛兵嚇壞了。原本我並不知道這件事，隔天一樣全力投入搜尋屍體的工作，還聽到大溪的長官和同袍發牢騷，說要在這可怕的野外找一具屍體，就像在稻草堆找出一根繡花針一樣。這個比喻一點都不誇張。

沒想到很快就有人發現屍體。看來在熟悉地理環境的當地人之中，還是跟林氏同村的村民最熱心，找到屍體的就是他們其中一人。前一天晚上軍伕林氏從湖口返家，當然也加入那場搜尋行動，但發現者並不是他，也不是那名鄰居男子，而是一位特別熟悉山路的樵夫。

但與其說是樵夫發現屍體，不如說是屍體自己吸引樵夫，整個發現過程相當離奇古怪。林氏的鄰居說一聽到樵夫告知此事，他就馬上趕往現場。

出乎我意料之外，林妻的屍體出現在離我們卡車出發地很近的位置。雖然用「出現」一詞有點奇怪，但我只能這麼形容眼前情況。那是離村落只有六公里遠的一處山林，距離馬路有一大段距離，相當深入山林。雖然在我們搜查行動半徑範圍內，離中心位置依然有點遠。

當時，樵夫與村民分開行動走到那一帶。大溪郡有許多深山幽谷，在這座從太古時代就不曾砍伐一草一木的大森林，曾有蕃人居住，正因如此當地留下許多荒地。公所的工作之一是在這邊種植經濟樹木，而屍體出現的地方正好是公所還沒開始維護的一處廢林，枯枝和腐爛的樹幹覆滿地面，畫面令人毛骨悚然。

那名樵夫平時除了路過時順便撿拾一些家用木柴，不會到這種地方。但那日他很仔細地邊走邊查看陰暗處，突然，他的頭頂傳來猴子的吱吱叫聲。這一帶山區棲息著成群臺灣獼猴，人們不時會看見大批猴群蕩過森林樹梢。原先樵夫以為是猴子，結果抬頭一看大叫一聲，一屁股跌坐在地。

一旁的樹上有一名女子。女人雙手抓著樹枝，雙腳也踩在樹枝上，像蕩鞦韆般頻頻搖晃，發出彷彿數隻猴子同時啼叫的吱吱聲。她的長髮披散開來遮住臉，頭髮縫隙露出血紅色的眼睛。

女人不斷搖晃，青苔和樹枝彷彿雨點般從乾枯的樹上掉落到樵夫頭上。樵夫嚇得魂不附體，爬起來頭也不回拔腿就跑。

當時，林氏家隔壁鄰居正好在不遠處，他看到樵夫面無血色跑來，嚇了一跳，詢問原因後，將分散在各地搜尋的村民全都召集過來，前往該地查看。但樹上已不見女人身影。女人和折斷的樹枝一起倒臥在灌木叢下。

鄰居不安地走近查看，發現那具屍體正是林氏的妻子。

由於已經死亡多天，林妻的屍體全身僵硬。

四

村民們將屍體運到充當搜查總部的龍潭庄公所，傳達這個恐怖經驗。我接獲通知也趕往公所。儘管整件事聽起來令人難以置信，屍體總算回來了。我鬆了口氣，馬上聯絡新竹憲兵隊。

就是在此時，我得知武島上等兵已經自白犯行的事。

新竹方面的答覆是由於犯人已經認罪，沒有運送屍體過去的必要。

林妻屍體四處遊蕩的事，非但沒有在總部被一笑置之，反而還傳為一段佳話。

有人不安好心將這件事告訴武島，武島聽了後在牢房裡近乎發狂。這也難怪。隔天他就被遣送到臺北憲兵司令部，不知道什麼時候才會接受軍法審判。

林妻的屍體則由龍潭庄村民合力安葬。

由於先前緣由，我也出席她的喪禮，不過村民沒有使用高射砲隊製作的棺材，而是用臺灣傳統的氣派棺材。

到此事件總算落幕了。隔了一年，在一九四四年，我轉調到臺北郊外的松山時，認識了一名姓程的中年知識分子，而想起當時的經歷。我詢問他對這件事有何看法，程先生於終戰後在松山開設書房講授四書。

他聽我說出事件始末後，笑著回答以前民間傳說中也有類似故事，這種事就算發生在今日也不足為奇。他拿出手邊古書替我查找。

「啊，有了。這是我們的祖先從中國傳來的怪談之一。陝西某村莊有一戶胡姓人家的閨女，嫁到李姓人家後，和李家不合而離家出走。李氏四處尋找都找不到人，結果同樣有一位樵夫在山中發現一名爬到樹上的女人。其聲吱吱，猶如蝙蝠，身體搖晃，如蕩鞦韆……」

程先生以略帶調侃的眼神看著我。這時我才深深意識到，我以坦承的心與這位程先生結交，但他和龍潭庄的人們一樣與我立場相左，懷有另一番心思。

Ⅳ — 篝火

一

兩、三年前，我受某個雜誌委託，寫了一篇名為〈基爾沙里〉的隨筆。或許有人讀過普希金的同名短篇小說，[1]不過，基爾沙里是實際存在的保加利亞人，大普希金十歲左右。

這位令整個摩爾達維亞聞風喪膽的江洋大盜，後來被俄國憲兵逮捕，送交給雅西的土耳其人看管，並被宣判死刑。基爾沙里在收監期間，與七名負責看守的土耳其人交情不錯，他告訴他們，三年前他在附近原野埋了一個裝滿金幣的鍋子，可惜運氣不好，沒能將它挖出來用，要是他們能找到那些金幣平分就好了。

這群土耳其人決定叫基爾沙里帶他們到那個藏匿地點。等到夜深，他們解開基爾沙里的腳鐐，帶著他來到草原。看守人在他指出的地點開始用彎刀挖掘，這時，基爾沙里說要是他來挖，一定馬上能找到，要他們解開捆綁他雙手的繩子，並借來一把彎刀。接著他看準可乘之機，將彎刀刺入其中一人的胸口，並從那名男子腰帶裡拔出兩把手槍……。

普希金寫下這篇出色的短篇故事時，主角基爾沙里似乎還活力充沛地在雅西一帶四處作亂。為什麼我要將這個故事寫成隨筆？因為我對普希金如何得知基爾沙里的經歷很有興趣。

怎麼樣算是豪氣？天不怕地不怕又要有怎樣的膽識？從以前我就對這件事感到很好

奇。毫無疑問地，日本同樣流傳許多英勇的故事，也確實存在驍勇善戰的人。以前如果有這樣厲害的人物，現在應該也會有，問題是我們日常生活遇不到。話說回來，要目睹這種人物的行動，或許需要特殊的環境或生活。不過就算在不引人注目的時候，這種充滿豪氣、天不怕地不怕、連死都不畏懼的人物，應該還是會隱藏在群眾中。一想到這點就覺得很不可思議。

尤其是完全不把死當一回事的人，想到這樣的人竟然和我們喝同樣的水，吃同樣的米，一起處之泰然地活動，就很希望也能和他們一樣。但人們終究還是會覺得他們很奇怪吧。

在五、六年前的新年時，我遇到多年前的語學學生S君和M君，兩人都是身經百戰的士官，能聽他們聊許多中國戰線的趣聞。當時S君說的故事被我寫進前面提到的隨筆中，M君說的故事則作為短篇小說〈月光〉的材料。當時怕忘記，我將兩篇故事抄寫保留下來。今日將故事原貌刊登在此，還請兩位包涵。

M君的故事（我本身不熟悉北方景致，在這邊描寫成像在湖南作戰發生的事，但實際這

1 亞歷山大．普希金（Александр Сергеевич Пушкин，1799-1837），俄國詩人、小說家與劇作家，被公認為俄國最偉大的浪漫派詩人，十九世紀俄國寫實主義先鋒，有「俄國文學之父」、「俄國第一位民族詩人」等稱號。普希金寫下的小說《基爾沙里》描述一位名叫基爾沙里的強盜，起義反抗土耳其的專制暴政。

段故事，是M君在山西的親身經驗。）

M君是一名砲兵。某天他的隊長突然設宴款待士兵，雖然不知道為什麼會有這意外的一餐，他還是很開心地大快朵頤一番。吃完飯後，他被指名擔任敢死隊隊員。之前他們班上有位士兵受不了嚴苛訓練而逃亡，逃走時，士兵帶走M君的手槍、眼鏡與一瓶酒。酒被偷走似乎讓嗜酒的隊長火冒三丈。這是M君個人的觀察。

由於武器遭竊是M君的疏失，他才會被指名。那名逃走的士兵被敵軍俘虜，在敵人命令下，向敵方通報我方陣營所在地，敵人的砲火會集中攻擊這裡。「無論如何你都要將那名士兵帶回來。」隊長下了這樣的命令。

招募敢死隊隊員後，M君和兩名朝鮮出身的士兵、一名北海道出身的士兵同行，在滂沱大雨的夜晚離開營地。他們在一片漆黑中分不清東南西北，每次閃電劃過就拚命往前衝，之後再匍匐前進。不久月亮昇到天空中，四周轉為明亮。傳令兵從營地跑來說敵人不會在月夜展開襲擊，可以回去了。他們因為月亮出來撿回一命。

之前流傳被通報逃走的士兵遭到俘虜與為敵人帶路，這些傳聞根本是胡謅。那名士兵跑進一個洞窟，被人發現時在裡頭呼呼大睡。他說他在逃亡後每天，都抱著那瓶酒睡覺。

再來是S君的故事。

S君是一個保守派的分隊長，以他的立場，在招募敢死隊時必定得先自願參加，但他絕非心甘情願。

不過在士兵當中總會有一些厲害的傢伙，不知道該說他們是勇氣可嘉還是少根筋。當時S君待的地區被一條大河（松花江上游）區隔成兩邊，敵方陣地在河另一側，這一側是食鹽產地，由日軍掌控。雖然他們與敵方陣營會交易必要的物資，但有時也會基於戰略考量，中止運送像鹽這種重要的生活物資。這時只要帶一把鹽到河的對岸，想要什麼都能得到。

當時S君接獲情報，說有人似乎將鹽走私給敵方。負責運鹽的軍伕是地方上的無賴，很可能是他們幹的好事，S君決定找人查清楚。一名士官志願前往，等到入夜便外出查探。

那名士官來到大河的渡河處，先渡河到對岸，藏身在黑暗中等候。陸續有人扛著鹽上岸，他悶不吭聲一把抱住對方，用刺刀刺進去，那些人全命喪在他刀下。隔天遇見那群軍伕，我們知道他們行徑，他們也知道我方有士兵殺了他們的同伴，彼此揣測對方心思，感覺很不舒服。S君說真想知道像那名上官一樣的狠角色，平時都在做些什麼事。

S君抱持的疑問我同樣也有，我也認識一位彷彿有不死之身的男人。

戰爭末期在臺灣時，我們部隊有一位姓嶽的老兵。我第一次注意到他是在靠近西北海岸的新竹州，某個鄉下城鎮第一次遭遇空襲時。空襲發生當下，我實際見識到什麼是勇氣，腦中同時充滿好奇。我們的部隊是汽車隊，[2]被派來支援市鎮郊外機場跑道的補強作業。當時我在剛蓋好的飛行軍官宿舍留宿，突然一隊F6F地獄貓戰鬥機前來掃射。

戰鬥機是在中午時分來。（之後接連數日他們都來攻擊這裡，我們連飯都來不及吃完，真是存心整人。因此我們替他們取了「地獄貓班機」的綽號。）這一帶由於地勢低，很快就會湧出地下水，無法挖掘太深的防空壕。我們披上毛毯當偽裝，逃到屋外散開避難。

敵軍的機關槍掃射很激烈，空氣幾乎變成紫色。他們鎖定機場設施和待命中的飛機進行攻擊，同時也鎖定士兵。車輛班的士兵為了守護留在車廠的軍車，表現得勇敢又活躍。（這些功績讓我回臺南總部後，被上級要求寫下戰鬥詳情報告。）不知道是否因為如此，我們損失的武器只有兩輛車頭被射穿的卡車。

反而是和我一起逃出的指揮班中有人戰死。在離我避難場所約五公尺遠處（雖說是避難場所，現場既沒有壕溝也沒遮蔽物），隊長座車的駕駛被穿甲彈射穿腹部，那名駕駛是個身材高大、眼神兇惡的男人，而且酒量過人。不管喝再多，他在夜裡多晚開車都沒出過車禍，是一位駕駛高手。

他在中彈後趴在地上，子彈從屁股進去肚子出來，打出像味噌碗大小的透明窟窿。衛生兵爬到他身旁按住掉到地上的大腸，並以軍靴踩住他，將他牢牢按向地面，接著把纏腿布鬆開，用來纏住腹部進行緊急處理，讓腸子不再往外流。

敵機的襲擊就像不斷打到岸邊的浪潮般反覆展開。在這種情況下，男子駕駛他最拿手的卡車載運傷患，翻山越嶺前往臺北的陸軍醫院。他還大聲唱著軍歌，又多活三天，最後死在醫院病床上。

幫忙急救的衛生兵是一名接受三個月訓練便出征的新兵，但表現十分優異。他在槍林彈雨中還得替傷患治療，這就是特種兵的任務，十分不容易。即便在穿甲彈猛烈掃射，眾人無技可施時，有人面對危機依然會展現與眾不同的反應。例如在一道分開乾枯水田與機場的木柵欄下，就有一個人仰躺在那裡。

那人是隊上的喇叭手。我問他一般大家都採趴下的姿勢，為什麼唯獨你仰躺著？結果他回答，就算仰躺中彈後下場也是一樣，躺著仰望敵機行動會比較安全吧。我不覺得他說這話是在虛張聲勢，只覺得他這人頗有膽識。不過我前面提到那位姓嶽的老兵，既不是這位喇叭手，也不是那名戰死的男人，當然也不是衛生兵。

當時在敵機離開後，我們回到宿舍，我走向指揮班，遠遠與一名從那裡走出來的男子四

2 在日本軍隊中，汽車隊的功能包含運送物資、傳遞緊急訊息，以及運送重要物資與人力等。

目交接。男子雙手插在外衣口袋，難為情地朝我一笑後走遠。我走進指揮班房間查看，發現配給的糖果都沒了。

那名士兵臉色蒼白，有長長的睫毛與水汪汪的大眼，為人少言寡語，做事不太乾脆。但他是一名身經百戰的老兵，曾兩度搭上被魚雷擊沉的運輸船卻大難不死。他說自己在雷伊泰灣海戰中獲救活過來前，[3]就已徹底體驗過死亡滋味。

這名男子在空襲時為了挑選擺在指揮班的物資，獨自一人留在作為危險目標的宿舍裡。真是個莫名其妙的男人。但他同樣不是嶽。

當時嶽上等兵只負責一些清閒的工作。隔天上午我們做完撤退準備，移往市街郊外道路旁一所小學，借用教職員室以設置指揮班。由於不光只有我們這一隊進行移防，馬路上顯得很不平靜。這所小學位於大街上，要是地獄貓班機靠近一樣很危險，因此我們要進一步移往位於臺北幹道的K庄。這天敵軍仍持續攻擊機場，連轟炸機也參與行動，[4]原本那棟被我們充當宿舍的木造長屋被整個炸飛。後來我們前往查看，發現宿舍中的榻榻米掉在田裡。

汽車隊的移動速度很快，我們在K庄一所本島人的小學操場集合，卻還沒準備好接應其他部隊。當時米糧都還留在街上的小學，我們無法準備午餐，於是我命令伙房班折返，在小學備好午餐後再帶來。負責駕駛卡車運送糧食的人正是嶽上等兵。

等了許久，我們遲遲不見嶽把午餐運回來，餓肚子的士兵們開始抱怨。不得已我只好請庄公所幫忙準備伙食，並找來民宅裡的婦女，好不容易才開始煮飯。不久，有其他車發現嶽駕駛的那輛卡車衝進馬路邊的陰溝並拋錨了，便把同車士兵帶回來。

嶽不像是因為害怕空襲而沒開好車的人。同樣地，不管在什麼緊急狀況下，他也不是會自我反省、謹慎行事的男人。他只是一時興起展開危險駕駛，衝進陰溝裡造成車輛毀損。那輛卡車前座坐著一名喇叭手，貨架上載著剛煮好飯的飯鍋，與三、四名共乘的士兵。發生車禍時，人在前座的喇叭手被震飛，倒栽蔥卡在陰溝裡；共乘的士兵則和飛到半空中的飯鍋一起被甩到路上，但他們和緊握方向盤的嶽都沒受傷，真是奇蹟。我們看著這群全身充滿飯粒的人歸來，雖然很傻眼，還是忍不住哈哈大笑。

喇叭手和衛生兵都是好男兒，不過我也很喜歡嶽。任誰看了嶽，都會覺得他是各方面都

3 雷伊泰灣海戰發生在一九四四年十月，為二次世界大戰的太平洋戰爭中，美國、澳大利亞與日本在菲律賓雷伊泰島附近展開的海戰。該場戰役的目標為日本海軍阻止美軍重新奪回菲律賓，被稱為歷史上最大的海戰，也是二戰時期日本海軍最後一場投入大規模戰力的戰事。

4 一般空襲會派戰鬥機先攻擊，消滅敵方防空火炮與防禦用戰鬥機，以護航轟炸機避免敵機干擾，之後再由轟炸機投擲炸彈。

很均衡的人，總是表現出開朗、無憂無慮的態度，也相當好動。他有豐富的運動經驗，體力似乎不錯。但他從不炫耀這些優點，雖然精力充沛卻不粗暴。比嶽粗暴的士兵多的是。

當初我看到嶽第一眼，就覺得他很像史蒂文森小說裡會出現的人物，[5]個性單純、開朗、擁有過人體力，但又有不知道在想什麼，有著讓人摸不透的一面。我將他想像成《綁架》中某個上尉。不知道為什麼，他不會像其他老兵一樣談到自己過去的戰爭經歷，我對他沒有這方面記憶。臺灣只有發生過防衛戰，部隊除了空軍戰鬥外沒有任何實戰經驗，日後若展開實戰，嶽作為部隊少數的老手，肯定會在前面帶頭衝鋒。到現在我仍這麼想。

然而我同時覺得，他心裡可能很明白自己有多無力。這多少與之後我會提到他的事有關，但這些都還只在我個人的猜測範圍。儘管已經有十幾年沒見過嶽，至今我仍清楚記得他的臉。可能是他那沒有半點光芒的眼睛，讓他的臉顯得特別純樸，只是我從中也感受到一絲孤寂。嶽的雙眼給人的感覺讓我猜想他應該是度過一段孤獨的少年時期，在試著詢問他後，果然不出我所料。嶽在青森縣出生，後來到東京投靠從事薪炭生意的伯父，在伯父家中工作。從他隸屬於東京聯隊來看，也許嶽是他口中那位伯父的養子。[6]

不知道嶽因為那場車禍受到怎麼樣的處分？車輛也算武器，軍中應該不會輕易饒恕他，不過當時可能因為遭遇空襲讓他躲過懲罰吧。那時在路旁空地，隊部裡的鍛造車和機械車排成一列忙著修理撞毀的車頭，那一幕仍留在我的記憶中。我不太確定那是否就是嶽開的車，汽車隊向來都時聚時散，在各地行動。之後有好一陣子，我都忘了這位將整個部隊的午飯搞砸的卡車駕駛。

二

隔年幾乎在同一個季節，我從臺南部隊總部搭卡車，前往靠近臺灣南端恆春的四重溪。在那裡紮營的分隊事務官因為感染瘧疾而病倒了，我們單獨開一輛車前往。不知道為什麼，嶽託我帶一個素燒的陶爐過去，於是我在路上買了一只。雖然繞了點路，要在天黑前趕到時

5 羅伯特．路易斯．史蒂文森（Robert Lewis Balfour Stevenso），蘇格蘭小說家、詩人與旅遊作家。英國文學新浪漫主義代表之一，著有《金銀島》、《化身博士》、《綁架》等名作。

6 此處提及的東京聯隊，推測為東京防空砲第一聯隊。由於在二戰時期，該部隊較少被派遣到大日本帝國其他地區，在戰時作為相對輕鬆且較不危險的部隊。通常進入聯隊須仰賴家世背景與特定裙帶關係，這裡提及嶽到東京投靠伯父，可能隱含原生家庭透過寄養子嗣，以換取子嗣性命安全之意。

間很充裕，我們決定去探望分隊的事務官。我們先在路旁的市場買了黃西瓜和鳳梨，接著前往位於幹道旁岔路深處的軍醫院。在這棟草木蓊鬱的分院庭園裡，有一排通風良好的病房大樓，感覺很像熱帶地區的醫院，不過走進裡面一看，院內相當骯髒。

事務官的臉龐蒼白憔悴，蓄滿絡腮鬍。這天微帶寒意，但他只穿一件不太乾淨的汗衫和夏褲。那裡是脫離重症後的患者被送往的醫院，以他的情況來看，似乎離康復之日尚遠。他露出深感懷念的笑容迎接我們來訪，當我說要代替他去分隊時，他對自己延遲報告車輛燃料用量一事感到苦惱，並為我的辛勞感到歉疚，頻頻跟我道謝。他也是三度接受徵召的老兵，身材瘦弱，行事很嚴謹。他在頻頻移防的分隊行動中發病，又在各家醫院間轉院，現在獨自住在這座跟總部和所屬派遣隊都沒關聯的地方醫院，而感到十分寂寞。我們與他聊了兩、三分鐘後便離開醫院。

來到以獅子頭的奇景聞名的南端海岸線後，[7]我有點擔心和其他貨物一起擺在卡車貨架上的陶爐，於是自己也爬上貨架。當時已是晚秋，卻仍酷熱難當，熱帶的陽光直接照在身上。我抱著陶爐蓋上帆布，躺在貨架上。在我們離開海岸線進入山區前，這段時間我都睡得很沉。車子一度劇烈彈跳，陶爐邊緣重重打到我的側腹，讓我痛得幾乎無法呼吸。但我沒跟駕駛座上的士兵說這件糗事，自己忍了下來。

在日治時期，四重溪是整個大日本帝國最南端的溫泉場。誠如其名，它位於層層疊疊的山崖上，是一處偏僻的村落，除了從海口通往恆春的公車外，沒有其他公共交通工具。在群山山頂有牡丹社蕃的部落，這裡也建造由日本人經營的溫泉旅館，頗具日本溫泉風情，洋溢著簡樸的氣氛，令人深感不可思議。

在山谷處有兩、三棟日式房子，若說這裡是別墅，卻又略嫌髒了點，派遣隊就住在這裡。我們抵達之後查看，發覺行動歸來的士兵坐滿泛黑的榻榻米，讓人找不到立錐之地，壁龕和玄關的木地板也都塞滿裝備。隊長和指揮班向山谷上方一間較大的旅館租了一間別房居住。旅館前有一處空地，可供全員列隊點名。

臺南總部正好開始進行新兵的第一期審核，[8]行動隊裡全是非培訓員的老兵。可能因為這個緣故，宿舍就像榻榻米的顏色般瀰漫著黝黑沉滯的空氣，指揮班也像是真的來這裡泡湯療養，鬆散又悠閒。我加入指揮班後，隊長說他想展現一下權威，要我進行勤務分配。但在這個人員不多的行動隊裡，要像正規軍營一樣運作是不可能的事，最後我們只能執行真正必

7 此指位於今屏東縣獅子鄉，外貌有如獅子頭部的獅頭山。
8 新兵審核意指新兵在入營後接受部隊訓練、體格檢查與思想檢核等程序，在接受審核期間，新兵不得離開受訓營隊。

要的勤務，夜裡派衛兵看守車廠。我原本就不期待他們如實執行這項勤務，果不其然，許多人好像都鑽進鍛造車的駕駛座，靠在柔軟的皮革椅墊上，望著山峽間的月亮呼呼大睡。

附近不遠處有個人數不多的通信隊，掛名隊長的曹長曾來向我抱怨，我對他有印象。早在我們來紮營前，這批通信隊就已經在這裡，到現在部隊間只剩下旅館廚房共用，生鮮食品都被存放在廚房大冰箱。這支通信隊不知道透過什麼管道，在冰箱裡存了大塊的肉。可能是他們原本所屬部隊飼養黑豬，不時會分送給他們。重點是我們的士兵偷吃了他們的肉。

即使他們事先以粗大的鐵絲纏住冰箱並加上鎖頭，擁有各種機械工具的汽車隊一樣兩三下就能打開冰箱。在他們提出抱怨後，我們的士兵依舊惡行不改，通信隊感到十分錯愕，最後將整個冰箱讓給我們。不久，旅館的廚房再也看不到他們隊上的伙房兵。

東京派來的部隊比較安分，具有紳士風度，不過當中也會有蠻橫不講理的人。由於汽車隊有行動力，能為其他部隊和居民帶來不少方便，大家自然禮遇我們三分。加上雖然我們是派遣隊，在這裡卻擁有最大勢力，通信兵即使受到委屈也只能含淚往肚裡吞。

每天一開始，部隊的例行公事是先早點名、遙拜，[9]之後發給每位士兵一錠瘧疾的特效藥「希諾拉敏」，要士兵當場吞嚥。這一帶瘧疾肆虐，還有毒蛇，尤其是那種顏色鮮豔、日文名叫「草波布」的蛇特別多。[10]牠的背部是綠色，腹部為黃色，綠色與黃色中間還有鮮紅條紋，看起來就像廟會日販售以竹子編成的龍。有時走在山區，也會遇到以抓這種蛇為業，眼神犀利的本島人。自古流傳的漢語中，有個詞彙為「青竹絲」，我猜就是指這種蛇。根據記載，臺灣全島就屬這種毒蛇造成的災害最多，而以地域來看，恆春地區則是毒蛇災害最多的地區。

結束早點名吃完早餐，各分隊便會展開行動。指揮班除了千里迢迢跑去高雄領取燃料外，並沒有固定行動，因此相當悠哉。在抵達四重溪隔天，我獨自一人信步走到旅館下方馬路，這時一名別著白色臂章的憲兵從前面走來，我們四目相交。

那名憲兵問我汽車隊的軍營是否在這裡，我回答是，接著他問，你們隊上有位姓嶽的士兵嗎。經憲兵一問，我才發現嶽也加入這個派遣隊。這名憲兵一定是知道他在這裡才會前來，明知故問很像憲兵的作風。

「應該有，嶽怎麼了嗎？」

「倒也不是怎麼了，只是有事找他。他現在在隊上嗎？」

9 遙拜為日軍習慣，會朝向太陽升起的地方，遙遠朝拜天皇、祖先與家人。

10 這裡提及的草波布（草ハブ）為眼鏡蛇，與下文提到臺灣常有的青竹絲為不同種蛇，應為作者誤解。

「他出外行動去了，不在隊上。有什麼事嗎？」

「我想直接詢問他本人。請轉告他明天上午到車城的憲兵隊來。」

「你沒說是什麼事，這樣我不好辦呢。」

「你們隊長人在哪裡？」

「如果是跟隊長就能說理由嗎？」

「目前還不能跟任何人說。」

「既然這樣，那我會代為轉告隊長。」

我們兩人展開這樣一場冷淡的對話。憲兵當中就是有猜疑心這麼重的人，士官或輔助憲兵尤其給人這種印象。我請走這位看起來很頑固的憲兵後去尋找隊長，隊長正悠哉地在山上的溫泉泡湯。

這裡的旅館也跟日本的溫泉地一樣，建築底部有高有低，大門玄關位於最低位置，同樣的平面會有兩座並排的浴池。另一棟別房的建築地勢則較高，新的浴池更高，孤立於山腰處，可以順著有屋頂山路往上走。隊長獨自一人在鋪了磁磚的漂亮浴室泡澡，我告訴他憲兵來找人，要請他回去。隊長嘴角輕揚，不發一語。他習慣在聽到中意的報告時只是微笑，什麼也不說。隊長的心願似乎是過著悠哉乾淨的生活。而將屬意的指揮班擺著，自己離開軍營在旁邊生活也很像他的作風。他對周遭人很寬容，會從遙遠的內埔市場一帶，買回整串香蕉吊在屋柱上，等到香蕉成熟就摘下來吃，就算其他人偷摘去吃也會裝不知道。

「嶽闖了什麼禍嗎？」我詢問。隊長沉思片刻回答：「你知道高射砲隊有名士兵自殺的事嗎？」

「我沒聽說這件事。」

隊長高大的身軀仍泡在浴池，他有點不耐煩地告訴我這件事。

四重溪在戰爭中不曾遭受空襲，但這裡有個高射砲陣地。幾天前，駐守在恆春附近山中的高射砲隊出現一名逃兵。那裡的部隊物資補給很貧乏，常會有以地瓜葉的莖當配菜的事，有些地方的士兵甚至會一整年都沒泡澡，過著像野猴子般的生活。

在這種環境下，身邊又充滿待人苛刻的老兵，新兵會受不了逃走也是情有可原。他們應該也知道就算逃走也解決不了問題，但那是陷入一種精神錯亂後做出的決定。一旦出現逃兵，部隊就能為了找尋逃兵到村落去，因此有人會刻意折磨新兵，逼他們逃跑。不過要是製造逃兵的事敗露，就得負起刑責被監禁或服勞役。那些打主意的人或許也被逼急了。

不知道那名高射砲隊的逃兵為什麼逃走。可能他沒吃什麼像樣食物，每天都被迫挖防空壕、被老兵虐待，忍受被懲罰般的任務，再也受不了了。我已經忘記那名士兵姓什麼，姑且稱他野末二等兵吧。記得他的姓氏類似是這個。

當時駕車展開行動的嶽，碰巧發現躲在某地的野末，將他帶回高射砲隊。我們沒將野末脫逃的事通報給憲兵隊，外部人士因此只知道汽車隊被派來幫忙增建陣地。這件事後來成為高射砲隊沒對外公開的祕密。然而，當天晚上野末又跑了。兩天後有人在離他先前躲藏處沒多遠的一間寺廟，發現身亡的野末。

光聽隊長這席話，似乎是嶽找出逃兵並將他帶回所屬部隊，應該感謝他才對，沒道理接受憲兵隊調查，我感到很納悶。

「那名士兵的死法，和嶽上等兵有什麼關聯嗎？」

「這我也不清楚，不過，憲兵隊命令他要出面，就非讓他去不可。明天早上你能帶嶽去一趟嗎？」

這是隊長下的命令。隔天早上我與嶽的分隊長談過後，命嶽駕駛他負責的車輛，我坐在前座，兩人下山去車城的憲兵營。我在憲兵隊聽他們描述後得知，野末以刺刀刺進胸膛，倒臥在廟裡。兇器插在屍體胸前，對照編號後馬上得知那是他攜帶的刀。由於刺刀準確刺進心臟，出血量很少，但死者的死狀淒慘。

根據憲兵隊驗屍結果，他們認為野末雖然是雙手握刀刺進胸口，但不可能刺得那麼順利，有人甚至認為可能是他殺。同時奇怪的是，野末雖然仰躺在地，右手指卻在地板厚厚的灰塵上留下潦草寫下的字跡。那段文字以片假名寫成，看起來像是「タケ」。[11]軍中認為他可能是在臨死前想起妻子或母親，但查看野末的資料名冊後，發現他的妻子或母親並不叫「タケ」，他也沒有孩子。而野末素行端正，沒有其他女人。憲兵隊從高射砲隊那裡，問出之前把逃跑的野末帶回來的人是嶽，便從「タケ」這兩字，推測嶽可能和野末的死有關聯，提出他殺看法的人甚至懷疑兇手是嶽。嶽發現野末的地點位於遠離馬路的山崖上，是一處像共用廚房的地方。嶽在執勤時專程繞到那個地方是為了什麼？這點確實也有些奇怪，憲兵隊因此對嶽的行動產生懷疑。他們懷疑嶽和野末可能存在沒人知道的關係。

針對這點，嶽被問了許多問題，他仍是處之泰然的神情。偵訊時我也在旁邊看，雖然他的臉色蒼白，但不顯一絲慌亂。嶽回答道：「我第一次與野末見面是在高射砲陣地。當時他被一名老兵拿鐵鍬毆打，我出面制止。野末應該是這樣記住我的臉。後來我發現野末時，已經從高射砲隊聽說他逃走的事。我告訴他逃走也改變不了什麼，而決定讓野末以認錯自首方式回到部隊。

11 タケ為「嶽」字的假名，讀音為ta ke。

「那麼，你去那個沒人會去的地方做什麼？」

「我之前碰巧也去過那裡，那天是突然想到，不知道之前去那個奇怪的地方做什麼，於是就帶著副駕駛再去那邊瞧瞧。」

不過對方似乎不太滿意這個回答。憲兵說要先將嶽留在車城，我提出抗議，但他們不予理會。不得已我只好接受這項安排，不過也提議：「野末的死亡時間是哪一天、在什麼時間？你們派人跟我回去，詢問派遣隊的士兵那個時間點嶽上等兵在哪裡，確認他的不在場證明。這樣如何？」

憲兵見我使用「不在場證明」一詞瞪大眼睛，但我說得合情合理，他們因而同意我的提議。我將嶽留在那裡，改帶一名憲兵同行，並由嶽負責車輛的副駕駛開車返回四重溪。結果我們馬上取得嶽的不在場證明，隔天便接獲車城要釋放嶽的通知，於是我又前往接人。

最後憲兵隊對野末的死，還是做出自殺的結論。但我對野末臨死前在塵埃中寫下的「タケ」二字以及嶽的行徑，還是隱隱抱持無法解開的疑問。嶽一離開憲兵隊就一臉開心地推開副駕駛，一屁股坐上鋪了木板的駕駛座，我則是坐他旁邊。當車子駛進山路後，我說想去野末自殺的那間廟看看，他也同意了。我對嶽說，在去之前先繞去你發現野末的那個藏身地點。那裡位於可以看見對面虱母山的一處山崖，從馬路看不到的岩石底下，有間破爛的小屋矗立在荒煙蔓草中。在小屋敞開的門板上，有人用木炭寫上「煮猴場」，令人分不清寫這三個字是正經的，還是在開玩笑。

「這個地方到底是做什麼用的？它叫煮猴場，是真的嗎？」我詢問道。嶽說他也不知道。我繼續追問他到這種地方做什麼，結果嶽回答如果我能保證不跟任何人說，就告訴我為什麼。

「我會抓許多飯匙倩，裝進罐子帶來這裡，先藏在空的爐灶內。這是我與本島抓蛇人的約定。抓蛇人會把錢放進罐子，塞在炭灰中。他們向來都會遵守約定。」

嶽的說明讓我聽得目瞪口呆，我半信半疑。不過就算他信口胡謅，在這種地方聽他這麼說還是讓人覺得有點詭異。我不發一語走出小屋返回馬路，坐上了車。車子很快來到從山林皺褶間能勉強看到廟宇屋頂的地方。那一帶的白天也很陰森，我們把車停在一旁前往查看。那裡有一座小廟，廟宇屋簷下掛著一幅寫了「開天廟」的匾額，一看就知道是沒有廟公的荒廟。戰爭時，就算是街上的廟宇也都大門緊閉，許多廟被當作倉庫使用。這座廟似乎更早之前就廢棄了，建築嚴重腐朽。

這一帶殘留了以山崖開闢成的臺地，就像民宅的地基一樣，似乎證明以前這裡多少有些村落在。這座廟宇可能在當時居民遷移後被留下來。比起人跡罕至的自然景觀，會讓人聯想到人們生活情景的場所更陰森可怕。嶽一臉天真無邪地東張西望，故意縮起脖子說：「這地方感覺會有妖怪出現。」我問他是第一次來這裡嗎，他回答：「是的。」廟裡積了一層厚厚的灰，像是從幾百年前一直累積到現在。嶽苦笑著說，這個樣子在地上寫字，應該看得出來吧。廟內正面沒擺放中案桌，前方矗立一尊等身大的神像，身上披著布滿塵埃的壽衣。

我對這類事物做過一些研究，一看就知道那應該是玄天上帝的神像。神像的腳下積滿灰塵，讓人看不太清楚，如果是完整神像，祂應該會是一腳踩龜，一腳踩蛇。玄天上帝原本是位殺豬的屠夫，但他很孝順，因為母親愛吃豬腎，他總是不把豬腎賣人，只留給母親吃。本島人很愛吃內臟，部隊裡如果買豬請他們屠宰，一定都會留下內臟讓他們帶走，當作是工錢。

這名屠夫隨著年紀漸增開始厭倦殺生，最後終於決定放下屠刀。但真的到了要捨棄時，他又開始變得神經質，心想：如果隨便丟棄屠刀，害人踩到受傷可就糟了。就算是把刀丟進大海，也可能滄海變桑田，難保哪天屠刀傷人。幾經苦思後他下定決心，認為把刀收在自己腹中才是最好的做法。於是他剖開自己的肚子，扯出腸胃拋進河裡，然後將屠刀收進腹中。

菩薩看了他的發願與覺悟非常感佩，引他前往西天，賜號開心尊者（開心尊者是十八羅漢之一）。但他拋進河中的胃化成龜，腸子化成蛇，危害世人，於是尊者將兩個妖怪收為部下。這則在民間流傳既通俗又怪誕的玄天上帝傳說，很有臺灣神話的風格。

現在沒有任何證物能解釋野末二等兵讓車城憲兵納悶不解的怪異自殺方式，我們也無從得知野末死前寫下嶽的名字的原因。我在那裡四處查看，想找出能解開這些謎團的線索，但廟埕除了冷冽的空氣和塵埃外什麼都沒有。恆春這個地名很容易讓人以為臺灣南部四季如春，記得小學時我們曾經學過，現實大致上也是如此。但從秋末到初春這段期間，只要天空雲層籠罩，就算在臺灣南端還是一樣寒冷。

這天的天氣也是這樣，面對不甚習慣的寒意與布滿灰塵的廟宇內部，我幾乎要頭痛了。我強忍不適，突然發現在那尊神像底座，有兩個像是可供轎槓穿過的小洞。恆春當地有個習慣，當傳染病四處流傳時，會有人扛著神像幫忙消災解厄。這種活動被稱為「請佛」。一般安置在廟裡名為「鎮殿王」的神像不會被搬出廟外，消災用的神像是另外打造。不過這種小廟或許出於經濟考量，而作為特例。當我仔細注視那像是轎槓孔的小洞時，忽然想起去年在臺北聽說的事，有關某部隊的新兵在北投溫泉地自殺。那名士兵將自己的刺刀綁在屋柱上，朝它衝過去刺穿胸膛。我想野末的情況可能也相同。我告訴嶽這件事。

「你聽過那名在北投自殺的士兵的傳聞嗎？」

嶽愣了一下，注視著我半晌。我指向底座的孔洞，他好像才明白我的意思，露出恍然大悟的神情，馬上拔出刺刀反握插進一個孔洞。刺刀刀柄緊密地嵌入右邊洞口，卡在裡面。左邊孔洞下方的木頭有缺損，刺刀插入後掉到地上，發出一聲悶響。「他大概是把刺刀插入這個洞，用它來自殺。由於木頭腐朽了，野末倒地時刺刀留在他胸口，讓洞形成缺損。」

我說明了一番，嶽雙目圓睜大感吃驚。我看著嶽瞪大雙眼的面孔後內心一驚，視線移往那尊神像。那尊玄天上帝神像的臉半掩在塵埃中，讓人看不清楚祂的表情，但能看出祂同樣也瞪大眼珠，那張臉和五官扁平的嶽幾乎一模一樣。我像是被人潑了一桶冷水，全身起雞皮疙瘩，同時心想：野末該不會也發現嶽與神像的相似之處吧？比起眼前那尊陰森的神像，嶽散發的感覺更加駭人。

嶽已經被認定有不在場證明而解開嫌疑，我很滿意在上帝公廟得到這個小發現。在那之後，嶽對我總是抱持特別敬意。然而，在枯燥乏味的軍旅生活中，這起事件是很特別的新聞，大家不可能說忘就忘。似乎有人對謎團添油加醋，堅信是嶽殺了野末，而嶽一直都很淡然。就算聽到有人在背後竊竊私語，他也默不做聲。那時，嶽看起來是可以忍人所不能忍的男人。

那起事件發生後一個月左右，我因為有事要聯絡返回臺南一趟，在總部留宿一夜，隔天領取派遣隊員用的冬季衣褲，又回到四重溪。我往返都是坐隊上的貨車，這趟旅途就只有我和駕駛兩人，冷冽的海風吹拂植有一整片林投的楓港一帶，風景已轉變為蕭瑟。

我回到溫泉旅館的指揮班房間後，感覺房裡瀰漫一股怪異的氣氛，後來衛生兵向我說明緣由。他跟我在北部機場遭遇空襲時與我同隊的衛生兵不同，是一名號稱比軍醫更可靠的幹練老兵。他說的事果然與嶽有關，是前一晚發生的事。那天晚上，隊長租下旅館樓下的房間舉辦酒宴，之前他就常這麼做。除了指揮班以外，隊長還找來各分隊長與兩、三名老兵，嶽也在裡頭。這種時候大家一定是敞開來喝，像在搶奪似地大聲喧譁。野末的事件也成為大家談論的話題，不過聽說沒有人當面嘲諷嶽。

隊長聊到野末的心理狀態，說他為什麼這麼隨便尋死，既然要死，應該什麼苦都能承受吧。有人贊成他的說法，也有人在心裡嘲笑隊長沒吃過苦。最後大家一致的結論是，野末的行為實在愚蠢至極，他是個沒骨氣的廢物。他們認為是心理錯亂讓他走上絕路，歸究起來是他個性太懦弱的緣故。

在這種氣氛中，嶽當然說不出什麼條理分明的闊論，不過他還是提出不同意見。

「不見得吧。死其實再簡單不過了。像我，隨時都能死給你們看。」

這就是他說的話。隊長喝多了酒，滿臉通紅。聽說當時他只是斜眼看了嶽一眼，露出別有含意的笑容說：「聽說整天把死掛在嘴邊的人，往往都死不了。」隊長最擅長的表情就是別有深意的笑容。有人看了覺得很和善，也有人看了感到噁心。

當時大家都把嶽的強硬態度當作玩笑，繼續不以為意地邊喝邊聊。過沒多久，衛生兵發現嶽的身影從酒席中消失，他感到在意而離席。雖說在意，但也只是隱約有預感，並非有什麼明確的擔心。衛生兵在附近看不到嶽的蹤影，想說可能回軍營睡覺去了。他打算先撒泡尿再返回酒席，而走下庭院。彎彎的月亮高掛在山林上方的夜空，這亮晃晃的熱帶冬月很適合以金色的鉤針來形容。當衛生兵抬頭仰望時，他大吃一驚縮起脖子，有個怪異的黑影懸吊在一旁樹上。原來是嶽在那裡上吊。

衛生兵大驚失色，急忙叫人把全身癱軟的嶽從樹上放下來，並馬上對他施以人工呼吸。要是衛生兵再晚一步走到庭院，嶽可能就死透了，最後他還是撿回一命。隔天當我抵達四重溪時，嶽已經能執行任務。後來我遇見他時感到有點尷尬，他卻神色自若。有人將嶽的自殺看作和野末的死有關，但我認為他是出於完全不同的動機。

後來嶽還是老樣子。我和他一起共乘過兩、三次，他有時會飆出七十公里的速度，在山崖上橫衝直撞，讓人嚇得膽戰心驚。臺灣的環境介紹書提到：「此地三面環青嶂，四重溪清流迂迴其間。」但他仍會一時興起，在這種險峻的地方胡亂地猛踩油門，危險至極。事後在後面跟車的駕駛兵告訴我，嶽那輛車有一邊後輪都跑出懸崖外了，在那之後我再也不坐他開的車。嶽在四重溪的行動結束後，部隊的汽車還是交給他負責，某天他卻跑到某個地方跳進山谷裡，並同樣奇蹟似地獲救。他出院返回部隊時鼻子留下清楚的手術痕跡，鼻梁還略顯彎曲，可是他還是精力充沛。我看著他的鼻子，感到非常錯愕。

三

敗戰後約莫過了一年，我們被遣返日本，嶽還是一樣很有精神地加入我們行列。退伍軍人搭船抵達瀨戶內海的仁島，與同時間被遣返日本的歸來者一起生活。當時是春天，我們在接受檢查並在宿舍落腳時，外面正好開始降雪。在臺灣出生的日本孩子沒看過雪，從宿舍窗戶探出頭，直喊著：「雪、雪」拍手叫好，喜不自勝，可是過沒多久就耐不住寒冷，有人甚至放聲哭了起來。

我們想孩子這樣也滿可憐的，就幫他們燒篝火吧。沒人開口，大家就自動將可燃物集中在宿舍庭院。我們點燃火後把孩子們叫來烤火，孩子們圍在篝火旁，啃著配給的乾麵包仰望天空，雪花仍翩翩飄落。

這時嶽突然出現，說了一句：「這樣的小火不行啊。好吧，我讓它燒旺一點。」說完他便跑走了。過沒多久，嶽抱來　塊得用雙手環抱的大木塊。他將木塊拿到井邊，把木頭嘩啦嘩啦泡進水裡。我望著他的一舉一動，心想他拿這塊溼木頭要做什麼。接著嶽將還在滴水的大木塊貼在一起，疊在篝火上。我怎麼看都覺得這樣燒不起來，對他的行徑很感錯愕，但過沒多久，木塊底下開始竄出微微漂亮的火焰。「我們津輕人從小就學會燒篝火的方法。」嶽一臉得意，笑容滿面地說。木塊燒得熾盛，吐著紅色的火焰，孩子們歡聲四起。在細雪紛飛下，我們專注望著篝火伸手取暖，只有我一個人想著嶽的事。嶽果然是個不可思議的男人。

我同時心想，為什麼人們不可思議的一面，會如此深深吸引我呢？

V — 消失的房屋

一

豐岡樹脂工業的常務董事豐岡惟雅要從臺灣開始，到越南、泰國、緬甸等東南亞國家展開一趟商務之旅。臨行前，我在日本一家飯店餐廳和他共進晚餐。

豐岡是我的老戰友，這次他的旅行地點同時也是我們昔日的戰場。那場大戰已過了快二十年，至今仍無法忘卻那段過去的部隊同袍，每年仍會舉辦一兩次聚會。我和豐岡偶爾也會碰面，不過這次因為他要去的地點很特殊，我們彼此都想邀對方出來聚餐。

聚餐成員原本還有另外兩、三人，但他們臨時有事，最後只剩下我和他。當然，打從一開始我們就不是要舉辦什麼送行會。

豐岡的肝不好，卻又戒不掉愛吃美食的習慣，因此總是擺脫不掉暗沉的臉色。就算別人出言提醒，他也總是一笑置之，酒量也絲毫未減。

「那是終戰那年發生的事，正好也是臺灣暑氣開始消退的時節，對吧？」豐岡吃著香煎魟魚，突然抬頭說。

「哦，那件事啊。」我馬上頷首回應。

在臺灣迎接終戰到來的我們，對這塊土地印象特別深刻。戰爭的艱苦愈是令人厭惡，在終戰存活下來時的感動就愈強烈，尤其是臺灣跟其他因為戰爭而凋蔽的地方不同。恰恰相反地，戰後原本受壓抑的民間力量一次全爆發開來。

就像之前一直被反蓋的牆壁裝飾或地毯，突然被轉成正面重新掛上或鋪上一樣，臺灣一夕之間展現出滿滿豐饒，就連我們這些士兵也想跑進人群中與他們同化。我後面會再提及其中緣由。總之，我們這些當時的戰友間存在一個共通的謎，我們達成一個密約：戰後如果誰有機會先到臺灣，一定要去當地確認此事。

換句話說，我們那時一起經歷某起怪異的事件。事隔將近二十年，那個謎一直存在於我們心中。

「最後果然還是由我來負責這項祕密任務。」豐岡愉快地笑著說。「打從我們的公司開始跟東南亞客戶做生意，我就覺得會有這麼一天。」

「那起事件發生時你也是負責交涉的人，所以你最適任。」我也笑著說。「今天三澤還打電話來說：我猜豐岡應該不會忘記，不過你還是要叮囑他一聲，既然要去臺灣，一定要去確認一下那件事。」

「其實中川也為了那件事打給我。說來真不可思議，唯獨那件事大家都沒忘。」

那件事並不像豐岡所描述的祕密任務那麼誇張，也不是一查明真相就會傷及某人或成為新聞題材的謎團。它的確很奇妙，而且是在終戰後那段美好的時期發生，肯定伴隨一股令人難忘的懷念之情。

「那個地方現在不知道變得怎麼樣了，我也很好奇，覺得心癢難耐。姑且不管當時的謎團能否解開，我向大家保證一定會去現場看看的。」豐岡擱下叉子，手伸向盛了白葡萄酒的酒杯。

「如果是發生在恆春或花蓮港那種偏僻地方，能否在匆忙的行程中撥空前往，可就不敢保證了。但那起事件是發生在臺北。不過，現在臺北市街的樣貌應該也改變不少，去了不知道能不能認得路……」

豐岡微微偏著頭，略為擔心地說，我知道豐岡是個中規中矩的人。他的臺灣之行是一趟商務之旅，但後來他連一張明信片也沒寄來，讓我很驚訝。當時一想起他應該已經離開臺灣，前往熱帶地區，我就羨慕不已，同時也更加掛念他在臺灣探索的結果。同一時期，三澤和中川也來電詢問豐岡來信沒，我只能苦笑以對。豐岡這趟東南亞之旅，讓悶在我們心中的那件謎團再度燃起火苗。

我們還不完全接受那起事件的原委，至今仍抱持一絲理性的懷疑。證據是我們在偶然的聚會場合一定會提起那件事作為話題。即便令人難以置信，眾人卻親眼見證過，覺得差不多能把事件當作怪談了。

事實上，我們大多不再猶豫是否要將當時經歷，當作一樁親眼目睹的怪事，告訴我們之外的人，而聽說過的熟人也人致明瞭無須多加查明。

外來者對臺灣的認識，就像西歐人看待巴爾幹半島一般，即使稱不上異境，至少也是一處窮鄉僻壤。這塊土地上會發生奇怪的事也是理所當然，基於對未知事物抱持的神祕感，我們姑且都能接受。

然而，有別於西歐人視巴爾幹半島為惡靈傳說的發源地，日本人對已經掌管五十年的臺灣，漠不關心的程度卻令人搖頭，連花時間去想像也不肯。臺灣的風土很適合作為怪談發源地，不過臺灣的怪談大多是從中國傳來，本地發生的怪談倒是很少見。

在臺灣比較具代表性的鬼魂，就屬在林投樹下出沒的女鬼「林投姊」了。林投是八丈島也有的一種露兜樹，在荒涼的海岸邊雜亂叢生，外觀十分狂野。和這種植物有關聯的鬼魂，與在柔美柳樹下出沒的日本鬼可說風格截然不同。

說來很遺憾，臺灣的鬼故事並沒什麼特色。臺灣人對土地的想法相當複雜，在此無暇多說。不過受到這種傳統思維影響，臺灣有一些執著於田地不肯離去的真實鬼故事。真要說起來，這當中也具有民俗性。

不知道是什麼時候的故事，在大竹里前金庄這個地方，[1]有一位名叫王拱的農夫。他的土地被親戚王盤侵吞，後來王拱一家人死光了，他的土地全歸王盤所有。但每到農忙時，佃農們如果不小心在田地待到黃昏時分，就會看到一個骨瘦如柴、披頭散髮的朦朧身影。佃農們非常害怕，願意受雇耕種的人愈來愈少。這起傳聞被當作真實故事流傳下來。

王拱的故事是有關出現在固定場所的鬼，應該能看作是鬼屋類的故事。臺南米街有某戶人家同樣被侵吞家產，一家人後來染病過世。這個家出現許多怪異現象，每當入夜，家中某處就會傳來悲鳴聲或女人的悲泣聲，最後沒人敢住了。

鬧鬼的人家被稱為「鬼仔埔」。其實有明確案例的鬼仔埔故事不多，我們卻親身撞見極為罕見的案例。

二

前面提到，隨著終戰到來，就連我們這些士兵也想跑進民眾當中與他們同化。這麼說是有原因的。臺灣首都臺北在迎接終戰時，有個可靠管道的消息先吸引我們注意，那就是士兵回歸日本的問題。現在我已經不太記得，那則消息或許是以公告方式通知我們。

當時日軍分佈在亞洲大陸東南部到赤道南邊海域一帶，是從離鄉最遠、物資最缺乏也最孤立無援的部隊開始遣送。臺灣算是條件比較好的地區，因此我們得到的消息，是會在四年後進行部隊遣送。

如果凡事都遵照順序合理進行，一切就都天下太平了，但世事往往不會那麼順利。實際上，部隊遣送是從比較方便回國的地方開始進行，我們在條件較好的環境不到一年就得以歸國。相反地，有些士兵過了十年仍不知道已經終戰，就這樣在遠方島嶼成為殘兵。

當時的我們以為接下來四年都看不到故鄉的妻兒與父母手足，而深感沮喪。就像我前面說到，我們不知道收到的消息是否為軍司令部正式公告，就算是，事後仔細想想，一個戰敗國的外地機構也不可能完全掌握正確消息。不過高層還是往下傳達通知士兵，於是部隊開始為滯留四年做準備，認真擬定緊急應對策略。

這些策略當然須遵照軍司令部處置士兵的方針。高層提出兩個準則：一，以原部隊形式

---

1 大竹里為清領時期到日治時期臺灣中南部一帶的行政區劃，範圍包括今高雄市旗津區、鹽埕區、前金區、新興區、苓雅區，以及鳳山區中西部、三民區西部與前鎮區北部。

在同一處集結，靜待歸國順序。二，以在當地待到期滿方式各自提出退伍申請，個別謀求生計。第一項準則雖然提到集結，實際上是在戰勝國指定地點接受供給，過著俘虜的生活。臺灣的情況則不太一樣，當地似乎允許部隊單獨行動。

我們的部隊由臺中州一家之前與我們有深厚情誼的製糖廠代管，打算自力更生。儘管生活不像在收容所般不自由，但戰爭明明結束，我們卻得被迫過四年軍隊生活，大部分士兵都十分不願意。這種想法很強烈，許多人都希望提出退伍申請。

然而現實中每條路都行不通。我們很快就知道，一開始流傳遣返日本的消息只不過是個理想，在臺灣已經有一些軍隊和移民被慢慢送返日本，臺灣人率先出版的小報新聞也開始報導送返情況。部隊總部會在城裡紮營等候退伍返國時刻，過著無精打采的生活；各分隊則會組成行動班，在中華民國接收的工廠裡工作。

不過一般民眾的生活卻充滿朝氣。街上充滿商品，士兵們幾乎都已解除階級壓力重獲自由，再也按耐不住。大家都想辦法掙錢，平常光靠軍方的津貼和工廠的月薪根本不夠花用。儘管軍人依舊禁止外出，那也只是形式上禁止。尤其是在非工作時間晚上，軍人都能自由外出，只有那些沒錢的士兵無處可去，連一碗米粉都吃不起，實在很可憐。

想要掙錢的不光只有士兵，軍官也一樣。我們的部隊隊長整天窩在總部軍營，表現出很恭順的樣子。但平日便和隊長合不來的川原中尉則表現出不想搭理他的態度，幾乎不待在宿舍。

戰時川原就已經在部隊外包養本島女人，是一名整天擅自離營的墮落幹部。不過像是我隸屬的運送隊，各小隊都會脫離總部獨立行動，確實是有辦法做到這點。

終戰過後，對於各部隊自行擬定謀生計畫，表現最有幹勁的就屬川原中尉了。他當然想脫離部隊單獨行動，但不是獨自謀生，而是想和戰時一樣將小隊士兵當自己手腳使喚，建立某種事業形態。戰爭結束後，他馬上在臺北的日本人居住區租下一間房子，把那名原本住在離臺北約三公里遠的本島人小妾叫來同住，並原本在當地開鐘錶行的士兵安插在那裡，開起一間鐘錶修理店。

川原很想利用軍隊組織，在這個占領軍無暇管理，處於混亂狀態的市街打造一番事業，他一直無法捨棄這個夢想。眼看部隊為了成為自由俘虜過著無精打采的生活，即便已經開始遣返，卻不知道什麼時候會輪到自己。他受不了只能痴痴等待無技可施。

當時我住在市街外的國民軍接收工廠，某天川原中尉前來找我，問道：「這家工廠給士兵多少工資？」

「月薪五日圓。」

「你們幹部也是這個價嗎？」

「大家都一樣。這裡的工作量不多，能租借到宿舍，還有月薪可拿，已經是很大的恩典。」

「領這麼點錢，光零用都不夠吧。」川原中尉如此說，開始提出誘惑。

日本軍官可能為了向占領軍表現恭順態度，全都和隊長一起留在總部，將行動班的指揮管理交給士官負責，這讓川原備感拘束也有諸多不便。我馬上明白他在打什麼主意，他想尋找在部隊內外都吃得開、行事機靈的士兵，好指使對方替他辦事。

我曾經當過川原中尉的副官一年左右，知道他這人雖然狡詐，但不是什麼壞人。他只是一個享樂主義者，同時也很重人情。川原的計畫肯定是從自己出發，不過如果多少對士兵有利，倒是可以考慮，我決定先聽他怎麼說。川原以城市裡一處日本人住宅為據點，經營鐘錶行和小量運輸，那些在他擔任小隊長時代，在他轄下的指揮班班員與他中意的分隊長，多少都撈了點油水，這已是公開的祕密。但現在似乎也愈來愈難混了。

「換句話說，如果再繼續這樣下去，連房租都會付不起。」川原意外地坦然。「我向日本人租借房屋時，房租一向好談，但現在房子被轉讓給本島人了。」

而且周遭都還是日本人的房子，沒辦法做生意，她也開始向我抱怨，說那裡生活不便——川原口中的「她」，指的就是他找去臺北同住的臺灣人小妾。

「日本人是戰敗者，只能在這塊土地留下房產撤回日本，個個都沒財力，現在只能和本島人做生意。我在萬華的商店街找到一間空屋，那裡是一個很有發展性的地方，我要想辦法租下來……」

川原派遣昔日小隊的得力助手笹森分隊長前往交涉，但笹森聽不懂對方說的話，無功而返。他跟我說，如果是我，多少聽得懂對方的話，而且應該不會像笹森一樣老習慣不改，一味擺出盛氣凌人的態度。如果我有意協助他今後的計畫，能否先試著去跟對方交涉看看？就算我不想和他共事，要是能談妥這件事一樣會答謝我。這是川原的說詞，他充分展現預備軍官的本性，活像個小企業家。[2]

川原似乎對素來以人格高尚自居的隊長有顧慮，盡可能避免讓自己做生意的事浮上檯面。儘管部隊內部對他終戰後的行為已出現批判聲音，我也完全不佩服他墮落的行徑，但我不想責怪他，因此對他的提議不會有戒心。其實我也很好奇他的計畫，要不是對接收工廠的同伴有一份責任，或許會馬上一口答應。

2 此指在軍中軍階愈高的軍人，由於受到更充裕的管理訓練（包含人力、物資的分派與調度），而更具備專業商管思維。

不過我還是想保持謹慎自重。我不像川原那樣對企業感興趣，而且再過不久就要歸國，一想到這點就無法和他一樣幹勁十足。於是我向川原中尉推薦沒什麼責任在身的豐岡。豐岡很習慣與人交涉，而且他曾說如果在當地期滿退伍，會想投入不動產業。我猜他可能會對川原的計畫有興趣。

豐岡與川原中尉見面後，接受了他的委託。豐岡是和我很合得來的同袍，才剛來接收工廠不久，正無聊得發慌。過了一兩天他與在總部的笹森聯絡，兩人一同前往萬華。

萬華以前被稱為艋舺，號稱是臺北的發祥地。那裡是一處很純樸的本島人市街，仍保有傳統生活習慣。西門到萬華一帶是臺北城外首屈一指的鬧街，當地有豪華的電影院、迎合日本人口味的餐飲街、妓院等，也有氣派的廟宇廣場與一整排具有古風，外觀昏暗的房宅。感覺各種有特色的場所全都交雜匯聚在臺北西南一帶，靠近淡水河的寬廣區域。

本島人的商店街後來被位於臺北北側，脫離艋舺自行發展的大稻埕超越，變得不太熱鬧。但那裡仍能強烈感受到一股被嚴重打壓、幾乎要凋蔽的民族散發出的沉穩氣息。萬華就像上面提到這些地方，所以我也常去。我常經過商店街，不過那裡販賣的商品在我們日常生活中幾乎用不到，留在我記憶中的只有那些老舊陰沉的街道。因此，當川原中尉說萬華哪邊有什麼店家、他找到的空屋就在一座廟旁邊，中間只隔兩棟房子時，我還是猜不出來在哪裡。

那天傍晚，豐岡回到工廠向擔任介紹人的我報告。果然，我只記得在那一整排泛黑的房宅中包夾著一座廟。我曾經看過那座廟敞開廟門，裡頭蠟燭林立，竹香的輕煙都飄到人行道上。

那座廟不像同樣位於萬華遠近馳名的龍山寺或祖師廟，廟前設有廣場。它卡在正門口都一樣寬的眾商店中，同樣布滿灰塵。如果沒注意到廟門口紛亂的雕刻裝飾，一不小心就會路過。這種小廟的存在讓人看出昔日鬧街的影子，就像人們說的「伊勢屋、稻荷、狗屎」一樣，[3]徒留昔日繁華餘暉。

東京的街道也有類似情況。像是電影院或神社這種與隔壁截然不同的建築，會低調地混在平凡房屋中，一點都不讓人覺得排斥。儘管不排斥，無法否認這些建築之間還是存在一種怪異的不協調感。臺北或臺南市街偶爾也會出現這種光景，那與更低調融和其中、以新舊對比之美為傲的羅馬和京都完全無法相比，給人一種幽魂般的陰沉印象。每當有人不經意發現，都會沒來由被嚇一跳。

3「伊勢屋、稻荷、狗屎」為江戶初期流行的一句話。伊勢屋是知名的商家，稻荷是稻荷神社，當時江戶野狗多，狗屎也多。走在江戶街道上常可以看間這三者，它們因而成為江戶三大名物。

尤其在戰時，這種廟宇幾乎都大門深鎖禁止舉辦廟會，有些還被當作倉庫使用，變得更加不引人注意。我應該也是在終戰之後，才看到那座廟的廟門敞開。但當時大部分廟宇都還沒空修理或打掃，依舊大門緊閉。戰後我看過一些廟，完全洗去用來繪製雄偉門神像的白胡粉和泥顏料，變得毫不起眼。

在聽豐岡提起前，我不曾留意萬華那間廟的名稱，也不太記得地點。話說回來，那一帶街上有一種一樓前方設有屋頂的長廊，名為「亭仔腳」，是中國建築特有的樣式。有些樓房沒設置屋頂，但房屋還是一路相連。屋裡的店家光線昏暗，讓人難以分辨是哪戶人家。不曾在那裡購物的我們，自然無法記清楚街道模樣。

「面對關帝廟往左走，第三戶人家就是那間空屋，但是……」豐岡歪著頭很困擾地說，像是去過後才發覺一項事實。我看他悶悶不樂的樣子，心想可能交涉得不太順利。

「前不久受到空襲影響，臺北人根本沒辦法做生意，萬華那裡才會出現空屋。到了戰後大家想必搶著要吧。」我在一旁緩頰，豐岡聽了搖搖頭。

「不，我的意思不是對方不肯租那家店。雖然不知道屋主是誰，但隔壁掛著『德記行』招牌的藥鋪老闆說他負責代管那間屋子。我是在和他交涉後，才知道那間空屋有問題。」

「對方開出很麻煩的條件嗎？」

「倒也不是，那間空屋有人們不願意租的原因。一開始笹森去交涉時，以為對方在拒絕他，而氣沖沖朝對方咆哮。但我仔細詢問才知道不是這麼回事。那名藥鋪老闆說，如果在這種情況下我還願意接手，那要租給我們也無妨。那一帶的人們心中真正的想法是怕謠言傳開，才一直讓屋子空著。」

「怎麼樣的傳聞？鬧鬼嗎？」

「沒錯。」豐岡一本正經地回答，我反倒被嚇到。

「廟的左邊不是有家殯儀用品店嗎。」

「不知道，或許有吧。」

「確實有。那家殯儀用品店的人原本在空屋一樓開店，二樓則住著名為『鑼鼓館』、專門在喪禮奏樂的樂隊。聽藥鋪老闆說，那時開始二樓房間就有怪事發生。後來廟宇旁的店面空下來，殯儀用品店便搬了過去，至於鑼鼓館好像更早以前就不知道去哪裡了。之後那間房子一直沒人搬進去。」

「你說的怪事，是怎麼樣的情況？」

「例如鑼鼓館老闆生了怪病死掉，或半夜傳來女人的哭聲，都是一些沒頭沒尾的傳聞……」

「也就是說那間空屋是鬼仔埔囉。」我看著豐岡說。「你相信這種話嗎？」

「不相信，但要在鬧出這種傳聞的房子做生意值得三思。士兵特別容易迷信，到時候可能提不起勁。事實上做鐘錶生意的木島，光是聽到這件事就嚇得臉色發白，也不知道川原先生的女人會不會同意。」

「重要的是川原中尉怎麼說？」

「他嗤之以鼻，說無論如何也要租下來。」

豐岡的態度與事情的進展讓我感到有些矛盾。雖然豐岡顯得悶悶不樂，但從表面上看來，他的交涉算是成功的。川原中尉一心想承租，聽說他已命令士兵準備從日本人居住區搬離。

三

雖然我對川原中尉的事業不感興趣，那間有問題的房子卻激起我的好奇心。隔天我和豐岡一同前去查看。我們搭公車去到終戰後改名為「西門外街」的終點站，下車後信步走一段路，前方不遠處能望見淡水河河堤。

沿著這段路走進萬華的商店街後，我們看見那間廟的前方有一家藥鋪，高掛著寫有「德記行」三個金字的招牌。我們身上穿著拆下階級章的夏天衣褲，頭戴著摘下星星標幟的戰鬥帽走進店內（當時已不允許穿著正式軍裝在外頭走動），看起來很年邁敦厚的老闆戰戰兢兢前來接待。

蔣軍渡海來臺時，這裡還有三十萬名健壯的日本軍人。儘管日軍已自發性解除武裝，但昔日威嚴仍未消失。終戰前我們部隊裡有位士兵喝醉酒，在龍山寺市場拔出腰間刺刀。就算他揮舞刺刀也不會把別人手指砍斷，當時民眾仍像成群小蜘蛛一樣一哄而散，那幅景象深深烙印在我腦海。日本軍對他們來說就是這麼可怕。現在藥鋪老闆為了代管的房子突然得和士兵交涉，難怪他小心翼翼的對我們來說他根本沒必要害怕，他們自身卻有充分恐懼的理由。

這個年紀的臺灣人幾乎都不會說日語，但我們和這位老先生能溝通，以此來看他應該是位頗有學識的人。老先生對隔壁空房是否存在鬼魂，既沒給予肯定答覆也沒否認，看起來像是既相信又不信。他並非採取模糊不清的態度，聽他說話口吻，他似乎認定自己相信的真理就存在於中間地帶。

老先生告訴我們一件有趣的事，他提到跟房屋有關的怪異現象，並非全然由死者遺留的恨意造成。我第一次聽說這種事。毫不誇張地說，這是我第一次接觸到民俗特色這麼濃厚的怪異現象，並從中感受到強烈喜悅。

根據老先生說法，以前在臺灣的石匠、木匠、傢俱師傅等建築相關的工匠世界就有一個惡習。每當雇主討價還價工錢或小費給得少，工匠就會在家中某處留下惡意的咒術，並裝作若無其事。日子一久咒術便會產生力量作祟害人，或讓家裡出現怪異現象。而藏匿符咒的地點不同，詛咒也會跟著不同。有時是全家被詛咒，有時是某個房間或傢俱化為妖怪。有時不是屋內有鬼魂，而是屋子本身出現靈異現象。

「或許鬼魂確實存在，不過如果說自己看得到鬼，人們往往都不會相信。相較之下如果說人們積怨難消引來災禍，還比較容易理解。」老先生說出這一番話。

我聽得津津有味。

「這麼說來，隔壁房子發生這類怪事囉？」

「不，我不清楚。我沒聽說哪裡出現寫了詛咒的東西，我們也還沒仔細找過，根本沒那個時間。就連出現怪異現象的事，也是在戰爭結束後才想到……」

如果有人想租那間房子，附近的人可能馬上會想起那些傳聞吧。在那種地方開店恐怕也容易觸霉頭，要是趁現在認真找，應該能找到其他可承租的店面——老先生語帶顧忌說出他的想法。豐岡肯定是在之前就聽了老人的話，覺得很有道理，才會再加上自己的想法告訴我這件事。

我表示想先去看看那間屋子，老先生便拿給我們大門的鑰匙。我和豐岡兩人走進那間房屋，屋子有很長一段時間沒人住，光從外觀看就覺得不太舒服。它夾在老先生的藥鋪與高掛「順發號」看板的布鞋店（也就是中國鞋店）中間，已經拆除所有商號會有的裝飾，成為沒半點特色的空店面。屋裡空蕩蕩的一片，如果在昏暗的地板上放東西可能會害人被絆倒。在某個角落有個隱隱發光的東西，是銀紙，那是死人帶往另一個世界的紙錢。

之前豐岡提到原先一間殯儀用品店承租空屋，後來般到廟宇旁邊，與這裡只隔一間房。那些散落在樓梯上的銀紙應該是他們搬家時棄置的東西。我們踩著銀紙上二樓，一碰到扶手，手就沾滿烏黑的灰塵。

二樓隔成兩個房間，正面因為有玻璃窗，變得比較明亮。房裡果然空蕩蕩一片，完全看不出那位離奇死亡的鑼鼓館老闆曾在這裡住過的痕跡。但在這裡待了一下後，我們漸漸呼吸困難，幾乎都能感覺到滿是黴味的空氣通過鼻腔，讓人心情更加陰沉。

「這房子讓人莫名感到頭昏腦脹。」豐岡含蓄說出他的感覺，臉色略微發白。「看來還是勸川原中尉聽那名藥鋪老先生的忠告，放棄這個店面比較好。」

「可是他這個人獨斷獨行，會聽得了勸嗎？」我偏頭尋思。

我們走出空屋鎖好大門，將鑰匙歸還給藥鋪老闆，然後往回走向公車站牌。藥鋪店的老先生剛好也有事要外出，一直陪我們走到馬路再過去一點的地方。老先生店鋪的左邊是一家花店，接著是一家裁縫店，裁縫店的玻璃門內立著一個沒有頭的模特兒，模特兒身上穿著一件衣襟有刺繡的女性長衫。前面再過去兩、三家店，亭仔腳便中斷了。映入眼簾的是一家從一樓到二樓，正面都覆蓋著一塊像帆布般的厚布的人家。

我問老先生這是什麼店，老先生說這是內外都在改建中的「布房」，也就是染布店。我們去西門一帶遛達，之後才回去工廠。說到那間空屋旁的幾家店鋪，我們後來就算回到日本，每次與戰友們聚餐都還會聊到。

從關帝廟往公車站牌的方向一間一間數，先是殯儀用品店、鞋店，接著是那間有問題的空屋、藥鋪、花店、裁縫店、炸物店、糕餅店，然後才是改建中的染布店。這部分為止大家似乎都還記得，而且都一致同意這個順序。但接下來的店家以及廟宇另一頭的店家，每個人的記憶就不太明確了。尤其是面向廟宇左側的店面，我們幾乎到第九間都還記得，但對廟宇右側卻記憶模糊，這是因為我們為了空屋的事前往那條街時，總是從公車站牌方向前往，然後又原路折返。除了這條路以外，我們沒必要去別的地方。還記得廟宇右側兩、三間店的人就只有我、豐岡與中川三人。緊鄰廟宇右邊的店家是一間叫「端正行」的茶棧，我在那裡買過一兩次包種茶，所以清楚記得。茶棧隔壁是一家擺出手帕與領巾等時髦商品的服飾店，再來的店中川提到是一家肉鋪，我一聽馬上想起那間擺出色澤不佳的黃牛肉店面。

這邊為止的店家，只要我一提大家也都會想起。但有人說肉鋪隔壁是乾貨店，有人說是紙店。這些店或許也包括在那裡的街景中，卻沒人記得清楚的順序。

話說，川原中尉果然如我所料，根本不把豐岡的意見當一回事。他已決定好搬家步驟，並派笹森跑去藥鋪一趟告知搬家日期。終於到了那天，川原和笹森從總部駕著卡車來，我們搭便車一同前往。中川、三澤與其他參加戰友會的人，大多都是我找來的，那天他們都坐上卡車貨架去幫忙搬家。

我們把車停在德記行藥鋪前面，川原中尉和其他兩、三人一同走進店裡。藥鋪老闆馬上拿著鑰匙走出來，在前面為眾人帶路。可能是他們先幫忙打掃過，那間空屋前面變乾淨許多，我還以為是認錯了。但老闆沒用鑰匙解鎖，門卻是開著的。眾人一同走進後，屋裡電燈一下子亮了起來。一名頂著平頭的中年男子一臉詫異站在店中央。

「今天沒營業喔。」男子以不太標準的日語說。

當然不用說，我們連同走進的藥鋪老闆都大吃一驚。眾人面面相覷，因為此刻我們在順發號鞋店內。

那名男子（順發號老闆）也跟我們一起急急忙忙衝出店外。店鋪上好端端掛著順發號的招牌，隔壁是模樣陰沉的殯儀用品店，再來是巍然而立的關帝廟。我們突然失去方向感，急忙往藥鋪左側走。藥鋪左邊是花店，再來是放了穿長衫沒有頭的模特兒的裁縫店、炸物店、糕餅店，接著是垂掛大帆布的染布店。

我們望著那條左右約有四十家店的長長街道，發狂似地繞著走，竟然找不到半間空屋。我們大感震驚，但還是讓自己冷靜下來，再次謹慎地從藥鋪隔壁開始找。德記行的右邊不是空屋，真的是那家鞋店。而鞋店右邊依序是殯儀用品店、廟宇、茶行、服飾店、肉鋪。藥鋪左邊是花店、裁縫店、炸物店、糕餅店、染布店，不會有錯。唯獨那間有問題的空屋完全消失，不留半點痕跡，彷彿從以前開始，藥鋪右邊的店家就是鞋店似的。

約莫過了半個月，豐岡返回日本，整個人曬得跟木炭一樣黑。他原本因為肝病而泛黑的臉色開始出現紅潤，轉成健康的氣色。豐岡返日後，為了舉辦戰友聚會，我和他展開討論。後來因為他行程安排，我們一行人在一個禮拜後，某個過了中秋節的晚上，齊聚在銀座巷弄裡的一家料理店。

話多的豐岡一如往常，不斷聊著這趟旅程的經歷，其他人則是因為很想知道那件事的調查結果，開始坐不住。最後中川終於打斷他的話。

「對了，那件事查得怎麼樣？」

豐岡一副這才意識到的神情回答：

「哦，萬華的那條商店街是吧，我去看過了。那裡還是一樣古意盎然，不過遠比當時有朝氣多了。」

「先不管朝不朝氣，那間空厝情況如何？」

「才沒有什麼空屋呢。那條街一直是整排商店林立，店面似乎和以前很不同，但很熱鬧。」

「當時的店家已經全部都換過了嗎？」有人以難過的聲音詢問。

「沒有，大家都還記得當時的店嗎？」

「當然記得。我來說說看吧。」三澤精力十足地說。

「從關帝廟往左數，分別是殯儀用品店、鞋店，然後是那間鬼仔埔。接下來是老先生開的藥鋪、花店、裁縫店，嗯……炸物店、糕餅店、改建中的染布店。染布店是從廟宇數過來第九間，不，少了空屋後，變成第八間店。廟的右邊是茶行、服飾店、肉鋪。這些店大家應該都還記得吧。」

三澤流露出懷念的眼神，在記憶之海搜尋，豐岡笑咪咪看著他說：「那間廟右手邊的三家店，還是跟以前一樣。茶行是端正行，服飾店是順泰號。至於肉鋪……又忘了。問題在左側，後來殯儀用品店搬走後，改成一家建築鐵皮店進駐，它隔壁一樣是鞋店順發號，再過去是雜糧店，德記行藥鋪還是老樣子。接下來的三家店，花店、裁縫店、炸物店已經沒了，糕餅店和染布店還在經營。」

「你說沒了，意思是換做別的生意嗎？」

「沒錯。」

「喂，等一下。」中川像在責問豐岡般注視他。「聽你這麼說，從廟的隔壁一直到染布店，一共有九家店，廟和藥鋪中間有三家店。位於藥鋪和鞋店中間的雜糧店，不就是那間空屋嗎？」

「這麼說來，當時那間空屋果然存在。」三澤喊道。

「沒錯。也就是說，我們中了對方的計。那一整排十五家店的老闆，以那家藥鋪老先生當主謀，聯合起來騙了我們。他們不希望日本兵在那條街上搶地盤。儘管那時候對他們來說我們還是不能招惹的瘟神。」

「可是，他們是用什麼方法讓那間空屋消失？」某人詫異地問。

「那座廟右邊有哪些店，你們應該只記得兩、三家吧。」豐岡氣定神閒，故意吊人胃口地提出反問。

「對了，那起怪事發生前，你們當中有多少人知道那排商店當中有一座廟？有的話請舉個手吧。」

在座人們就像被念到手中的抽獎號碼一樣，有半數人表情含糊地舉手。我則是自信滿滿舉起手。

「很好。」豐岡莞爾一笑，望著我問。「廟叫什麼名字、有幾間？」

「這不是大家都知道的事嗎？叫關帝廟吧。」

「就這樣嗎？」

「嗯。」大家似乎都沒有意見，我環視眾人點點頭。

「那麼，我就告訴大家這次查出的事實吧。」豐岡別有含意地笑了，很愉悅地說。「當時關帝廟的右側，有茶行、服飾店、肉鋪、乾貨店、雜糧店（這兩家是同樣的店，由兩兄弟經營）、紙店、建築鐵皮店，然後隔壁還有一家文帝廟。現在從肉鋪開始，右邊的店家都已換人經營，但那間廟仍在。文帝廟位於關帝廟右邊數來第八間。這麼近的地方竟然有兩間廟，這次去之前我也萬萬沒有想到。」

「原來如此。」我嘆了口氣說。「我們當時只是偶爾經過那條街，並未一一逛過店家。當時的廟宇在本島人有意安排下顯得很不起眼，就算偶爾看到也會以為是同一座廟。所以我們有時看到關帝廟，有時看到文帝廟，但都不疑有他以為是同一座廟。就像你說的，或許真的是因為在這麼近的距離內有兩座廟，才覺得難以置信。」

我回到日本後調查過臺灣情形，得知有很多這樣的案例，有的地方甚至會有成對的廟。沒想到竟然真有其事。

「不過，有兩座廟又怎麼了？」三澤一臉納悶地偏頭看了看我，又看了看豐岡。

「你還不懂嗎？」豐岡笑著說，似乎有點等不及了。

「關帝廟與它左邊改建中的染布店之間有八家店。如果從中間拿掉一間空屋，就是七家店。關帝廟與右邊的文帝廟中間有七家店。這是很簡單的計算吧。在一條單邊約莫有四十家類似店家的街道上，就算將十間左右的屋子從左移到右，我們這些外地人應該也不會發現。」

「這麼說來，殯儀用品店到糕餅店這七家店，都暫時從關帝廟左邊移往右邊囉？」一個人驚訝地說。

「嗯。為了謹慎起見，茶行右邊幾家店，也從關帝廟右邊移往文帝廟右邊。其他店當然也都幫忙掉包。當時是物資稀少、商品貧乏的時代，要一個晚上臨時大量搬移不是多費工的事。那些店家也都是簡樸的小店。」

「原來是這麼回事。可是那兩座廟要如何偽裝？又沒辦法像一般店面一樣對調。」

「你還沒搞懂嗎？」豐岡笑道。「大概是將文帝廟匾額中的『文』字遮起來，或是偽裝成關帝廟。不過就算沒這麼做，我們也不容易發現。至於關帝廟，則是將先前垂掛在染布店前面，用來防止施工危險的那塊大帆布拆下來，改掛在廟門前，把廟藏起來就好了。」

VI 天仙宮的審判日

一

他是來自某個遙遠行星的男人。

他既不是瘋子，也沒有殘疾，證據是他能筆直往前走，也能正確判斷眼前事物。他知道現在所處的地方與周遭人對他的稱呼。這裡是新宿的警察局，而他的名字是風見金三，就像知道自己身在何處一樣，他的意識相當清楚。但這位風見金三就像某天忽然從天而降似地，出現在新宿警察局裡。

他的意識也是在警局才開始活動。他雙眼朝周遭陌生的世界茫然注視半晌（意識會馬上與動作連結），突然坐起身，接著感到後腦一陣劇痛。在警察攙扶下，他搖搖晃晃站在第一個跟他說他的名字的人面前，這人是平田妙命案的搜查主任——橫井警部。

「風見……」警部向他叫喚。「你之前都在哪裡藏身？」

警部從他一臉愣住的模樣知道，不管再等多久他也回答不出來。警部沉重的身體開始不悅地在椅子上搖晃起來，椅子嘎吱作響。

「我在問你，你最近都在哪裡活動，在忙些什麼？」

風見很慌張。他不懂為什麼非得被這名胖子這樣質問，但要是惹對方不高興就太不識相了。他很想回答問題，這才發現一個意外的事實——我不知道（他最近都在什麼地方，做了些什麼事。）完全沒半點頭緒……。

他不禁伸手抵住腦袋。他的頭纏滿繃帶，整個腦袋除了後腦勺的疼痛，感覺就像被用力擰過一般，他意識到這種感覺來自繃帶。但為什麼會這樣？我是誰？（人類在無意識中以嬰兒形態誕生是何等幸運的事。心靈的建構等等，應該在之後才慢慢形成。我說的不是像畢達哥拉斯的輪迴轉生這種事，[1]但如果哪天人類突變成蠶豆，或蠶豆突變成人，那一瞬間不知道蠶豆會有多慌張。以他現在的情況來說就是這樣，十分令人同情。）

他扶著纏了繃帶的頭，心想：比起是否會惹眼前這名胖警察生氣，「我是什麼人」這個問題似乎更重要，也更令人不安。

警察充血的雙眼炯炯發亮，壓低嗓音說：「要使用緘默權是你的自由，但你知道現在幾點嗎？我希望我們彼此都別再浪費時間。你老實回答好嗎？關於你的事我們大致都知道

1 畢達哥拉斯（Πυθαγόρας，前五七〇年—前四九五年）為古希臘哲學家、數學家與音樂理論家。他提出的「靈魂轉世說」主張人生來有靈魂，靈魂需經歷永無止盡的輪迴，並且會轉生成不同生命形式。

了，你在今年新年時從臺灣退伍歸來，接著在三月因為遊蕩罪被捕。[2]根據當時陳述，你原本住在本所的豎川，[3]在戰爭中失去妻兒。你從戰爭歸來後一直是孤伶伶一人，處境值得同情……」

警部高高隆起的鼻子用力吸了幾下。

「不知道你被釋放後都在做些什麼。十天前我們有事找你，但到處都找不到，讓我們傷透腦筋。你被釋放已經過了六個月，警方的紀錄也派不上用場。別說你的所在處，就連你的長相也沒人記得。這十天來我們一直在尋找你的下落，今晚碰巧在轄區內的鬧街外發現你。當時你倒臥在鐵橋下，後腦被重擊昏了過去。到底發生什麼事了，風見？」

風見搖了搖頭，一副如墮五里霧般的表情。

「怎麼啦？想不起來的樣子。反正也不會是什麼正經事，應該是和同伴處不好動手打起來。你身上穿的夾克和長褲是最適合我們喬裝成黑市商人的打扮，但為什麼你內衣褲穿的全是新的上等貨？穿上那身打扮，就算在女人住處脫衣服，也不會覺得難為情吧？所以我們才會盯上你，覺得你不是普通的流浪漢。說話回來你也差不多該招了吧，風見。」

警部突然板起臉，用力敲打桌面。但被這聲巨響嚇得發抖的不是風見，反倒是坐在旁邊桌子，頻頻打磕睡的年輕書記。

「九月十九日晚上，你在平田妙房間裡過夜，對吧？」

警部改變語調。

他靜靜凝視風見，一直等待能說出給人致命一擊的話的機會，因此從一開始就一直講廢話並樂在其中。他看風見臉上沒任何反應，差點因為失望打了個哆嗦。

「從剛才開始不管我問什麼，你都一臉像是第一次聽說的表情。」

警部繃著臉往後靠向椅背，狠狠瞪著對方（不過，我不會恨你。不管你再怎麼裝蒜，你都是被按在貓爪下的老鼠，早晚都會成為我技術性辨案的一個題材。惱人的是現在的新法律。要不是法律有諸多限制，看我怎麼把你當木柴劈。）

「就算你和那起案件無關好了，你完全不知道最近那起報上鬧得沸沸揚揚的案件，這也太奇怪了。而且樓下的住戶也有提供證詞，說那天晚上你在平田妙的住處過夜。」

警部緊盯風見。

「樓下住戶發現，九月二十日早上，平田妙在她靠近西武線××站的公寓二樓住處上吊

2 遊蕩罪的日文為浮浪罪，指針對沒有固定居所或職業、四處遊蕩的人，處以三十天以下拘役的刑罰。遊蕩罪在一九四八年被廢除。

3 本所豎川位於東京墨田區。

身亡。如果從其他角度來看屍體狀況，要判定她是自殺倒也沒什麼不自然的地方。但有人做證，說當天晚上有客人在平田妙住處過夜。平田妙是一位妓女，不時會帶客人回公寓住處，而那天晚上去的是一名老客戶，住戶也曾聽平田妙親口提過對方的事。我們研判對方是平田妙的情夫——一位名叫風見金三的男子，好像是名黑市商人。一般人可以從公寓後方的逃生梯沿著曬衣陽臺去到平田妙房間，她的客人向來都是從那裡進出，因此樓下住戶幾乎沒看過夜裡到訪的客人。那為什麼樓下住戶會知道當天晚上留下來過夜的客人是風見呢？因為晚上八點左右，帶男人從後方逃生梯進入房間的平田妙，在走下樓汲水時跟鄰居說：『是平時那個人。』她說這話應該是在那個時間沒錯。」

不管警部使出多厲害的絕招，都像打在棉花上一樣，男人臉上只是浮現夾雜些許好奇的驚訝表情。橫井警部頻頻以他粗大的拇指搔搔他那有肉的鼻頭，困惑地暗自思索，接著他從口袋裡取出名片寫了幾個字，喚來輪值的員警，將名片交給對方。

「這麼晚還找書上醫生對他很抱歉，但還是請他抽空來一趟。」

員警離開後，警部短小的手臂在肥厚的胸前交叉，椅子搖得嘎吱作響，再度轉身面向嫌犯。

「如果你想行使緘默權，對你不會有好處的。你倒不如好好想想，說出自己的不在場證明。如果能弄明白這點，我馬上就放了你。也許再讓你多了解一點現在身處的情況，對你會比較好。十九日晚上八點左右，你和平田妙一起回到她的公寓住處。可能你向來都會在她那邊過夜，那天晚上也打算如此。根據醫生驗屍結果，平田妙是在凌晨——正確來說，是二十日上午三點到四點那段時間死亡。沒人知道你幾點回家。如果在平田妙死亡時間你還在那個房間，就很難認定她是單純自殺。」

警部伸出舌頭舔舔嘴唇，微感不安地注視著風見。

「此外，有個難以認定是自殺的普通理由，那就是死者沒留下遺書。我們查過平田妙最近寫給父母的書信，都看不出有任何自殺動機。乍看之下平田妙的屍體有點像自殺，但同時也有幾項疑點與許多令人不解之處。例如她的棉被已經折好收進壁櫥，壁櫥也整理得很乾淨，但屍體卻還穿著睡衣。如果是突發性產生想死的衝動，這種自殺手法也未免太周到了。能夠完全不出差錯，就這樣達成自殺目的也有點奇怪。平田妙用來自殺的繩索，好像是她搬進這個住處時用來綁行李的細繩。她將繩子剪成適當長度，一邊綁成像套圈的圓圈，另一邊繞到天花板橫梁，同樣以套圈方式綁在天花板上，就這樣把頭伸進垂落的繩圈。平時擺在曬衣陽臺角落的煤油箱，現在倒放在倒臥地上的平田妙腳邊。平田妙住的二樓房間天花板很矮，從榻榻米到橫梁高度只有約七尺，如果站上煤油箱，這種高度就能輕鬆上吊。但細繩所需要的長度，要透過測量房間高度、死者身高，與煤油箱高度才能算出來。以自殺者情況來看，能在想自殺時不經過測試，馬上就處理好一切瑣事，是相當罕見的案例。當時，我們也在細繩綁住橫梁位置的兩側，發現像是用同一條繩子用力磨過的痕跡，可以解讀成事前進行自殺測試留下的痕跡。但死者要在這麼短時間進行各種測試，並決定執行，也很奇怪。到現在我們都還不懂那條細繩痕跡代表的意義。我很想請教你意見，看看你究竟是怎麼想……當時用剩的繩子被捆成一束，就收在壁櫥裡。」

搜查主任柔聲的話語中，帶有奇怪的強調意味。

「利用天花板上的橫梁這點不太容易想到，不過，在戰爭中躲過一劫的老房子相當殘破老舊，只要一點震動，天花板就會偏移脫落。常來這裡過夜的你，對於這種屋內狀況與細繩的收置場所應該很清楚吧。最糟的情況是……我懷疑那天晚上你去過夜，在凌晨時分勒斃沉睡中的平田妙，然後將屍體布置成像是自殺後逃逸。如果真是這樣，我很好奇你是如何把死者偽裝成自殺……」

警部靜靜仰望警察局天花板，嘆了口氣，彷彿上方此時也垂吊一條細繩。

在場的警部補、巡查部長還有待命的刑事們昏昏欲睡的腦袋，[4]感覺到那名警部精準而緊咬不放的追問，與嫌犯莫名其妙的沉默相互糾纏在一起，逐漸營造出一股比深夜空氣更寒冷而詭異的氣氛。

（這個男人為什麼不努力找出自己的不在場證明？只要能證明二十日凌晨三點到四點這段時間，他在其他地方，就沒問題了，即便編造假的說詞也能暫時躲過追問，真教人受不了。可是他那認真思索的表情是怎麼回事，那是緊緊咬牙苦思的表情——難道說，他真的完全失憶了，連自己是誰都想不起來？那落寞的模樣看了真讓人討厭，簡直像黃昏時浮現在空中的一隻小蜘蛛……）

警部臉色變得蒼白，他自己也開始受不了了。這時，就像救兵到來般，剛才那位員警帶來一名男子。不，應該說那名男子推開員警，自己大搖大擺走進來。他是一位披著黑色薄外套，個子高得嚇人的男人。

「我難得多喝了幾杯，睡得正香呢……你名片上寫的就是這個男人嗎。」

書上博士是一名神經科醫師，他滿是酒氣的臉龐蓄滿烏黑的鬍鬚。風見看到他，像是被他奇偉的樣貌吸引般看得無比入迷，眼神閃過一絲變化，只是誰都沒發現。博士命風見坐在椅子上，替他做簡單的檢查，問了幾個制式化的問題。結束後博士對橫井警部說：「你好像

4 日本警察階級由低至高依序為：巡查、巡查長、巡查部長、警部補、警部、警視、警視監、警視總監。

已經狠狠折磨過他了，剩下的明天再做吧。」

「可是醫生，這個男人真的喪失記憶嗎？」

「看起來確實像俗稱的那種症狀。」

「我認為他是在裝瘋。」

「先不談這個，你能確認他就是風見金三嗎？這個男人現在連自己是誰都不知道。日後要是發現抓錯人，你可就變成踐踏人權了。」

「之前為了逮捕流浪漢抓到他時，因為他沒犯什麼罪而沒留下指紋。現在回想當時真是疏忽了。要是指紋簿上有他的資料，現在就能馬上對照。」

「現在說也沒用了。」

博士冷笑一聲，思索片刻，接著從風見的夾克口袋裡拿出他的退伍證明書給他看。

「這是你身上的東西，寫有你的名字。你應該已經看過很多遍了，如何，完全沒印象嗎？」

（退伍證明書、第幾號、陸軍伍長、風見金三、臺灣第幾部隊、印鑑）風見望著寫有那些資料的紙，臉上依舊沒有任何反應。

博士從他拎來的公事包取出一本大開本的書，要風見拿著。

「你看這個。當中有沒有你會想起的東西？」

警部窺望那本書，念出上面的書名：「世界地理學大系．臺灣篇」。風見翻著那本書，當他發現臺南赤崁樓的照片時，緊盯著那張照片，臉部開始出現激烈的表情反應。他清楚說道：「我去過這裡。」

在場的人一片譁然，警部跳起來很得意喊道：「醫生，太謝謝你了。這下子確認風見待過臺灣。這是邁出的第一步。」

博士的神情就像在說「這樣夠了吧」，揮手要風見退下。之後警部留住博士，向他問道：「喪失記憶的症狀這麼容易發生嗎？」

「先不談它容不容易發生，它容易發生的因素就存在於人們心中。我們心中有個彈簧，由兩端支撐。這個彈簧動不動就會發揮它的彈力，想要反彈脫落。一旦彈簧脫落，自我就會回歸為一個無名的單位。人們內心時常會有這種人格喪失的情形，也就是發生這種回歸無名的自然運動。而壓抑彈簧的力量往往緊鄰相依。」

書上博士那張粗獷的臉浮現神祕的微笑。

「那個男人現在是個無名的單位。風見金三也許是你推測的犯人，但他不是。就算你能除掉那個男人，卻無法用法律來定他的罪。這點我希望你別搞錯。你要是真的那麼做，法庭將會被青苔和蔓草侵蝕。總之，只要他的記憶沒恢復，你也拿他沒辦法。這起案件的關鍵就在他的記憶中。不過，他應該用自己那把鑰匙去打開案件的門。你已對他下了暗示，在他一片空白的腦袋裡注射犯罪的色素。你追問他：『你是如何殺那個女人，偽裝成像是自殺？』那等於對一位完全記不得自己過去行為，但還留有判斷力的男人，提出『如果是你，會怎麼殺害那個女人，偽裝成像是自殺』的問題。此刻那名男子在拘留所裡面對著四面牆壁，肯定用自己的方法在思考如何殺人。恐怕比你還認真探索自己的犯行……」

二

某處壁鐘發出噹噹兩響，告知現在已經兩點了。由於拘留所四周都是森林，連發條鬆弛發出「嘎……」的聲音都聽得清清楚楚。風見筋疲力竭，深深陷入睡眠，整個人就像被敲成碎片。這時突然傳來一陣腳步聲，風見豎耳細聽。

他悄悄抬起頭，發現有兩個人影背對昏暗的走廊電燈，正往鐵柵欄裡窺望。一開始風見以為是書上博士和橫井警部來了，來的人的身材與他們兩人很相似，又有點不太一樣。但人影打開柵欄走進後，風見才發現這兩人模樣都很怪異，令人吃驚。

這兩人穿著像法官的服裝，模樣像博士的那個人是一位身形奇偉的紅面漢，他蓄著烏黑的絡腮鬍，頭戴將近一公尺高的烏帽。另一人則身材矮短、挺著誇張的圓肚，臉色黝黑，活像是長相兇惡的大黑天。[5]

「太好了，終於找到了。」那名胖子用腳尖踢著風見的身體說。「哦，這個屍體還是溫的。五星廳的快報果然不能小看呢。[6]不過我在這裡買的地圖一點都不管用，本來以為走沒幾步就到了，沒想到被耍得團團轉，花了一整晚時間……話說回來，東京這地方可真糟糕。不能這樣東晃西晃，不專心。什麼酒店、脫衣舞都有，成何體統。所謂的天下紅雨，尼姑生子，[7]指的就是這裡的情況。」

「話說回來，都是你不好。」高個子冷笑。「你跟**內山猴**一樣東張西望，[8]像鴨母般到處啄池水，不管去哪裡都要探頭看一下，才會兜這麼遠的路。」

「我也快受夠了。雖然說半夜四處遊走是我們的工作，但不必派我們到這麼遠的地方吧？

5 大黑天是日本七福神之一，為佛門護法，也是掌管五穀豐收和財富之神。
6 這裡應指五星君，為道教星神，五星聽應是作者自創名稱，下文提及的城隍聽與土地公聽亦是。
7 「天下紅雨，尼姑生子」意指極不可能發生的事。
8 閩南語，意指鄉巴佬。

法主公也太貪心了。[9]就算是排在神明末座受人祭拜，祂這樣簡直就是**放屁安狗心**。[10]而且你就像諺語說的**死鴨仔硬嘴巴**，[11]不知變通又固執，害我總是白忙一場。也不知道是怎麼樣的命運安排，我們兩人總是湊在一塊。」

「你自己才是諺語說的：『歸身死了了，剩那隻嘴』。[12]沒本事，但嘴巴很能說。」

「說這什麼話，你這個傻大個。」

「閉嘴，你這個愛**答嘴鼓**的傢伙。[13]還不快去抬那具屍體的頭，天都快亮了。」

「等一下。魂帛拿來了嗎？」[14]

「不是魂帛，是退伍證明書吧。放心，我帶著了。」

那名高個子從法袍懷中，取出風見被警部收在整理箱內上鎖的退伍證明書，給另一人看。

「不管怎麼樣，再不快點回去又要挨法主公罵了。你抬他的頭，我抬他的腳……」

兩個怪人一左一右抬起風見身體，搬出鐵柵欄外，也不知他們是如何穿過新宿的警局，一轉眼風見感覺自己被吊上高空。

他的身體以驚人速度飛行在完全融入月光的無限空間裡。風見非常害怕，緊閉著雙眼。過沒多久他感覺自己落向地面，這才睜眼，只見眼前是一座高得令人暈眩的高山，在三更月光的照耀下，一座塗滿白漆，白得連鮮豔色彩都無法分辨的莊嚴廟宇矗立在眼前。

「你可終於醒了。只要來到這個地方，就連屍體也得醒來。」那名高個子低頭望著風見。

「喂，還不快起來。」胖了也朝他探頭。

「看看你那古怪的表情。哦，你不知道我們是誰吧？這也難怪。我也是第一次經手日本人的屍體呢。放心吧，我們最近也曉得要注重國際禮儀，不會對你亂來的……你可要仔細記住，那位是䯄爺，我是矮爺，[15]到處找尋生前犯罪沒被發現的人是我們的工作。既然你也待過臺南，應該看過我們在西來庵門內受人祭拜的身影吧。」

風見點頭，這才站起身。

「這裡是哪裡？」

---

9 法主公又被稱為張公法主、都天聖君、張聖公，福建省永春安溪一帶居民篤信的神明。
10 閩南語，比喻敷衍地給予承諾。
11 閩南語，又寫作「死鴨仔硬喙桮」。
12 閩南語，指一個人講話死不認錯。
13 閩南語，又寫作「答喙鼓」，意指鬥嘴或爭辯。
14 魂帛為臨時牌位，以厚紙或白布作劍形，正中央寫上往生者姓名、稱謂、生歿日期，又被稱為神主牌、靈位牌、魂位。
15 䯄爺與矮爺即為范謝將軍，又被稱為七爺、八爺，為城隍爺身邊負責檢舉惡人，將惡人押解至陰司法庭的皂總與捕總。

「這裡嗎？這裡是七星山某座山峰上遠近馳名的天仙宮。喏，你應該在臺灣的風景明信片上看過。生前犯了罪但沒被發現躲過法律制裁的人，得接受城隍爺或土地公懲罰。而四處找尋這種罪人，就是我們和牛爺馬爺，也就是地獄裡的牛頭馬面的工作……以前這項工作可悠哉了。而且比起一整天板著臉站在城隍廟裡，這樣還能四處遛達打混。就連這位一臉嚴肅的綦爺也會加入孩子們玩**掩咯雞**的行列，[16]嚇那些孩童。**掩咯雞，掩咯雞，走白蛋，隨你吃，隨你鑽……**」[17]

「多嘴！」綦爺怒斥。

「不過，說到那場戰爭，天神和地煞都參與其中。廟宇被迫封閉，廟門前成為蔬菜配給所。高麗菜堆成的小山，都快要跟充滿威儀的神荼鬱壘的鬍鬚一樣高。[18]除此之外，還有那震天撼地的大轟炸！我們躲進天庭鑽入地府，好不容易戰爭結束，終於又慢慢開始處理神界事務……這座島自古以來人種關係就很複雜，戰後的國際問題尤其敏感。因此我們將臺灣分成北中南三地，開設地神廳。這座天仙宮就是北部的地神廳，會從戰時北部各城鎮城隍爺廳，和地方土地公廳堆積如山的待辦案件中，處理特別上訴的麻煩案件。我們每十二天舉行一次審判，從子夜到雞鳴前，將深夜時間分成兩部分。前半夜用來審理城隍廟調查的案子，後半夜用來審理土地公廟調查的案子……現在我們在處理哪個案子呀？」

「你真是**一耳空入，一耳空出**。[19]今天前半夜是新竹城隍廟報的案子，要審判的是戰時將關帝廟當薪炭堆放場的鄭姓商人。」

「對對對。這種無聊的案件，如果不是像躼爺這種**畫痕行路**的人，[20]一定記不住。前半夜也快結束了，我們快去吧。接下來輪到你了……你的負責檢察官是法主公，你可要好好記住。法官是五顯大帝，官派律師是文昌帝君。」

「為什麼我要在這裡接受審判？」風間吃驚地問。

「哦，沒想到你臉皮挺厚的，怎麼剝都有剝不完的皮。」

肥胖的矮爺冷笑。

「古諺也提到，紙包不住火。人不能做壞事啊。」

風見照規矩被戴上手銬，穿過天仙宮大門。

---

16 閩南語，意指捉迷藏。
17 這是一首閩南語兒童歌謠，譯為「捉迷藏，走白蛋，隨你吃，隨你鑽」。
18 神荼、鬱壘為中國民間信仰中的兩名神祇，為著名的門神。相傳兩人樣貌兇惡、專治厲鬼，故民間家戶與廟宇在大門做其塑像，以驅逐魔魅。
19 閩南語，意指左耳進、右耳出。
20 閩南語，意指照著畫下的直線走路，比喻做事一板一眼。

廟內充滿如水的月光，光線明亮彷彿天明，一切都像白影般搖曳。正面臺座上有位像烏天狗般脣邊露出銀牙、模樣駭人的神明[21]，神色倨傲地坐著，左右各站著一名男子。一人是頭戴圓帽的紅面男，一人是手持旗幟的青面男。

「正面那位是五顯大帝，左右兩旁是火將軍和風將軍。」矮爺悄聲說。

「還有那位一隻手抓著蛇，像是手持一把扇子或手杖般一身道士裝扮的紳士，是檢察官法主公。」

廟裡光這群模樣怪異的人物似乎就占去三分之一，眼看休息時間即將結束，後半夜的神聖審判即將開始。此時現場像是吹起一陣腥風般突然喧鬧起來。完全搞不懂為什麼會被帶來這裡的風見，暗自吞了口唾沫，靜靜守在一旁，不久，他在躾爺矮爺催促下站上被告席。五顯大帝敲響木槌開庭，法主公大動作指著風見，開始發表總結。

「根據苗栗附近土地公廳上訴展開調查的結果，本官認定，被告罪證確鑿。為配合當時情況，將以日本年曆說明。昭和二十年三月十四日清晨，家住苗栗附近的農婦王桂蘭，二十七歲，在家中自縊身亡。此乃本案。」

風見像挨了一記鞭子般大吃一驚，豎起耳朵聆聽。

「屍體遭人以馬尼拉麻繩懸吊在橫梁上，乍看之下呈現出俗稱的上吊狀態，陽間的人因此視之為自殺結案。但王氏死後向土地公廳申訴，才得以揭發案件真相。」

法主公捲起法袍單邊衣袖，再度伸手指向風見。

「被告風金三（採臺灣式的稱呼），當時擔任補給大隊所屬貨車的正駕駛，於同年三月十三日，受總部派遣前去與分隊聯絡，他在苗栗附近展開軍事行動時見天色已黑，而接近原告王桂蘭，要求在她家中過夜。原告丈夫王男當時被徵召為軍伕，不在家中，王婦理應拒絕其過夜要求，但由於語言不通，半強迫同意。被告強迫王婦供酒，酒後乘著酒意向王婦尋歡，強暴得逞。不僅如此，被告害怕自己惡行被人發現，於是在勒斃王婦後使用奸計，將屍體布置成自殺的模樣。法官大人，如果您認為有必要，我想針對被告當時採用的狡猾手段做一番說明。」

此時，模樣溫文儒雅的文昌帝君站起來，他頭上的星冠熠熠生輝。

「我對剛才的總結發言有異議。我認為檢察官的調查，是基於完全採信原告申訴的土地公廳的報告。這會造成過度單方面相信原告申訴的結果。本人認為，此時有必要聽取被告的申辯，請同意我向被告提問。」

廟內不滿的私語聲四起，眼看就要轉為喧譁。這名官派律師皺眉頭朗聲說道：「被告身

21 烏天狗為日本傳說中的妖怪，為天狗的一種，因為有著和烏鴉一樣的尖嘴和漆黑的羽翼而得名。

分是外國人，請法官大人特別納入考量。這時候如果因為對人種的負面情感，急於做出總結發言……」

這句話似乎弄巧成拙，現場人們議論的聲音更大了。五顯大帝敲響木槌，一面左顧右盼，一面以禿鷹般難聽的聲音說：「本庭不認同剛才律師的異議。檢察官繼續發言。」

文昌帝君很不情願地就座。

「那麼，我在此說明被告風金三是如何操弄可惡的手段，供法官大人參考。」

風見在檢察官展開總結發言這段時間，都以雙手拉扯頭髮、扭動身軀地仔細聆聽。最後，檢察官提高音量做出結論：「對於如此無恥、好色、殘忍、兇惡的被告，本官要求判處石壓地獄之刑。」[22]

辯護律師文昌帝君在滿堂喝采聲中穿過人群，努力走近被告。就在祂伸手搭向風見肩膀時，祂大吃一驚，望向風見雙眼。律師充滿自信舉起手喊道：「我對剛才檢察官的求刑有異議。至少本人認為，像剛才那樣對被告求刑沒意義。因為被告還沒死。如各位所見，被告的身體還有溫度，心臟仍在跳動。現在還不是我們審判他的時候。被帶來這裡的並非一具屍體。」

廟內一陣慌亂，五顯大帝像隻一雞似的雙目圓睜、手腳慌亂，法主公也失控大喊：

「躼爺矮爺！你們這兩個酒囊飯袋，又再次捅婁子，害我淪為笑柄。」

躼爺大吃一驚，跳得比他那雙長腿還高，矮爺則急得團團轉，口中念念有詞地說：「我們只是奉五星廳通知前往拿人，這樣說我們太不公道。我不能接受。這樣我們會像海底撈針一樣，永遠沒出頭的機會呀。」

廟內滿是笑聲和罵聲，這時山腳傳來兩、三聲報曉的雞鳴。月光籠罩著訕笑的諸神，突然一陣劇烈搖晃，接著祂們全都消失無蹤了。

三

橫井警部在新宿的警局接受一位名叫涌井澄子的陌生女子來訪。女子帶著一位姓宮森的男子隨行，他們知道橫井警部是負責偵辦平田妙命案的警官，還說要和犯人風見見面，這相

22 石壓地獄為十八層地獄的第十一層，懲罰方式為將人放在一個方形大石槽中，用繩索吊一塊與那人大小相同的巨石在上方，再用斧頭砍斷繩索，讓巨石掉落在受刑者身上。

令警部相當吃驚。因為那起案件已大致落幕，警部正為此鬆了口氣。

先前發生那起怪事隔天，即十月一日早上，在拘留所裡醒來的風見自己開口要求見警部，他流暢無礙地招供，說出勒斃平田妙以及偽裝成自殺的事。

事件發生當晚，風見在平田妙的房間過夜，他在三點左右醒來，用細繩將熟睡的平田妙勒斃，見她完全斷氣後才解開繩索。他算好長度切斷繩子，綁一個繩圈從橫梁垂吊而下，然後把剩下的長繩對折，對折的前端套向屍體腋下，繩尾則是繞過橫梁綁住繩索兩側。他讓屍體垂向對面那一側，將繩索往下拉，一面拉動繩索，一面背起屍體，以自己的身體當槓桿吊起屍體，順利讓屍體站在煤油箱上、頭穿過懸吊的繩圈。之後他鬆開較長的繩索，平田妙的屍體便會因為自身重量，再次讓脖子被完全勒住。（風見完全照著法主公在天仙宮神聖審判中的總結發言，將自己代入殺害苗栗王桂蘭的情境，提出供詞。）

除了這項自白，風見還是一樣喪失過去一切記憶，所以沒被送到拘留所，而是交由書上博士任職的精神醫院看管。之後過了十多天，仍不見他記憶力恢復的跡象。這時這名年輕女子出現了。

警方試著歸納女子說的話之後，得知她的丈夫涌井守人是千代田化工的員工，藉著這次升上工務課股長機會，到山梨縣的工廠視察。那是九月三十日的事，涌井出門以後去新宿站搭夜班列車，但過了一週仍未返家。澄子感到很擔心，而打電話詢問公司，公司方面也很擔心，決定聯繫山梨的工廠。結果對方說涌井一直沒到工廠，工廠方面也覺得奇怪，正想打電話跟總公司詢問。澄子眼前一黑，這下可著急了。這時，與涌井同一部門的宮森拿著報紙，臉色蒼白跑來家裡找她。報上提到前些日子有人在八王子市路邊，發現一名全身冰冷的男子，男子死因疑似是甲醇中毒。目擊者從死者衣服口袋發現一只皮夾，裡面裝著印有「涌井守人」的名片。警方也詢問了公司。澄子在宮森的陪同下，火速前往八王子市警局。

因為報上刊出報導，親戚們全都跑來涌井家聚在一起討論，這時只見澄子和宮森一臉納悶地回來。那名病死在路旁的死者，雖然身上穿的是涌井離家時穿的西裝，但長得根本和涌井一點都不像，是一名陌生人。而涌井還是一樣音訊全無，讓澄子不知道如何是好。兩三天後，宮森又拿著報紙跑來找她。那是從公司裝訂留存的舊報紙中抽出的十月二日報紙，上面刊載了關於發現平田妙命案嫌犯的詳細報導。到現在眾人還對嫌犯罹患喪失記憶症的特殊情況記憶猶新，可能因為這樣宮森才會想起這件事。他再次確認舊報紙內容，也是在九月三十日，殺人犯風見被人發現，而且地點同樣在新宿。宮森認為這不可能純屬巧合，而且這名嫌犯喪失記憶，連自己是誰都不知道。會不會他其實不是風見，而是涌井？

「太太，有這個可能性。」宮森滿懷信心地說。「坦白說，這事我也有責任，前一陣子開始我就一直很焦急。那天涌井先生叫我幫他查火車時刻表，我這個人做事有點粗心大意，不知道拿的是舊的時刻表，就這麼翻找起來，告訴他錯誤的時間。後來我察覺此事，心中暗叫不妙，重新查看一遍，發現根據修改後的時間表，當天的夜班列車要晚一個半小時才會到。涌井先生可能為了打發時間走出車站外，在路上閒逛時，被那個姓風見的男人找碴，遭他痛毆倒地。他們兩人衣服被對調，涌井還失去記憶。風見或許有其他同夥，他跑到八王子，用涌井先生身上的錢四處喝酒，最後甲醇中毒。涌井則因為警察不知道風見長相，被誤認為是風見，而遭到扣留吧。」

澄子屏息聆聽宮森的推測，內心漸漸感到激動，宮森催她到新宿的警局去。

橫井警部聽澄子和宮森你一言我一語說著，也很難再認定這件事單純是巧合。（經這麼一提，橫井警部才想到，風見外面穿著的是軍服修改成的衣服，裡面穿的內衣褲卻是全新的上等貨，因此才會推測風見不是個普通人，但那有可能是警部自己誤會了。）

「可是，風見對自己的犯行有很詳細的自白，他還想起在臺灣的事。」

「涌井也待過臺灣。」澄子說。

「哦，這就奇怪了。」警部再度發出沉吟聲。

然而，這對夫妻在醫院見面的場面更加奇怪，甚至能用悲慘來形容。澄子和宮森確認這位無名氏就是涌井守人沒錯，但涌井對這兩名前來會面的人漠不關心。他只認得肥胖的橫井警部，澄子就這樣成為了悲劇人物。後來在書上博士忠告下，澄子他們暫時先回去了。返回獨居房的涌井——更確切來說是風見——看起來非常意志消沉與憔悴，認罪的意識重重壓在他身上。當天晚上，他到很晚都沒睡，突然他解開長褲皮帶，勒住自己脖子。因為太過痛苦，他吐出舌頭鬆開皮帶，冷不防跌倒在地，後腦重重撞向地面……兩點整的鐘聲響起，他的意識猛然浮現。（今天剛好與那天隔了十二天。）這時一陣輕細的腳步聲交錯傳來，一張滿臉鬍鬚、又瘦又長的紅臉與一張黝黑的圓臉，聚到他的臉上方。

「這次總算沒問題了吧？」

「嗯，照這樣看來應該沒問題。」

「就算五星廳再不濟，好歹也不是氣象預報，不會那麼容易誤報吧。喂，快點搬吧。」

涌井在躲爺和矮爺這對很不協調的搭檔搬運下，再度飛行於夜空中，佇立在位於七星山某座山峰的天仙宮法庭內。他與前些日子幾張相同的面孔再度齊聚一堂。有模樣像烏天狗、高高在上的法官五顯大帝，紅臉配圓帽的火將軍，以及手舉旗幟的藍臉風將軍。檢察官法主公捲起單邊法袍衣袖，指著他說道：「今日又得在法庭上問同一名被告的罪，本官深感遺憾。不過，本日與上次案件不同，根據淡水口附近土地公廳呈上的報告，沒想到還要追加被告其他罪行。昭和二十年五月，被告風金三在淡水口附近海岸道路上運送軍用貨物時，突然像發瘋般橫衝直撞，撞上路邊相思樹，讓貨車上的士兵被甩落。其中有三名臺灣兵摔落山崖，當場死亡。上述罪狀，是在三名士兵死後呈報才知曉，本官要求對被告處以銅柱地獄之刑。」[23]

這時，文昌帝君起身要求發言。

「剛才檢察官在總結發言中，形容那是一場駕駛事故，但如各位所見，本案顯然不是被告刻意所為。根據本人調查，被告以前到中國南方出征時，曾罹患流行性腦脊髓炎，從那之後不時會發作，而像本案……」

這時律師的辯論因為被告席突然傳出一陣怪聲而中斷。

「沒錯！我知道風見。但我不是風見。」

由於涌井的叫聲太過洪亮，醫院值班人員嚇得跳起來，趕來獨居房查看。只見他倒在地板上，高聲叫喊：「我是涌井守人。我認識風見。」

涌井守人終於回到自己的人格，這次就算他看到半夜被呼叫趕來的書上博士以及橫井警部，也不知道他們是誰了，可見他已完全忘記喪失記憶這段期間的事。已恢復平時記憶的涌井，終於變回一位擁有一般常識，即將步入中年的平凡上班族。在橫井警部說明下，他幾乎能理解這段時間發生的事，也已經能回答警部的提問。

「那天晚上我到新宿車站，才發現宮森告訴我的時間有誤，不得已，我只好到附近逛逛打發時間，就這樣走出車站。在鬧街外圍有三名男子找我麻煩，把我帶到人少的鐵橋下，當時我對這三人當中帶頭的男子有種似曾相識的感覺，後來我終於想起來。二戰時期，我在目前任職這家公司的臺灣分公司上班，後來在當地接受徵召。當我在臺北一家軍需品工廠服軍役時，曾遇上一場離奇的災難。那是終戰那年五月的事。當時我被派去淡水口，指揮臺灣人士兵將卸貨的軍需品運往臺北，在補給大隊派來援助運送的貨車上，我們這班所屬的正駕駛，正巧就是那晚我在新宿遇見的男子。他叫風見金三，當時是一名兵長。」

「你說離奇的災難，是怎麼一回事？風見是位個性粗暴的男人嗎？」警部問。

「倒也不覺得他粗暴，但他給人的印象很奇怪。他似乎是名身經百戰的士兵，個性輕浮，但不時會露出像出神忘我般的恍惚神情。總之是個感覺很孤獨，不好相處的男人。有位同隊的士兵說風見兵長之前被徵召時，染上流行性腦脊髓炎。聽說他是位本領一流的駕駛，但不

23 銅柱地獄為十八層地獄的第六層，懲罰方式為將人衣服扒光，使其裸體抱住一根直徑一公尺、高兩公尺的銅柱，銅柱內放了燃燒的炭火，地獄中的小鬼會不停搧風、讓銅柱變得通紅。

時會橫衝直撞。我們曾坐他的車被嚇出一身冷汗。某天他終於開車撞向路旁的相思樹，當時有三名臺灣人士兵當場死亡，我也從卡車貨架上重重摔到路面，在軍醫院住院三週。聽當時前來探望我的同袍說，風見應該會被送交軍法審判。但他被懲處的理由不是因為那起衝撞事件，而是其他原因。」

「哦，什麼原因？」

「我來到淡水口兩個月前，風見在苗栗附近展開軍事行動時闖入一棟民宅，強暴了屋主的妻子。這件事偷偷在他的部隊裡傳開。聽說那位妻子可能承受不了屈辱，當天晚上就自縊身亡了。我聽同袍告訴我這件事，正好當時在病床上悶得發慌，而多方思索那起案件。我認為那名妻子的死不是自殺，也許是風見兵長為了掩飾自己惡行而殺了她，並將屍體安排得像是自殺。因為我有很多時間，還試著思考了他採用的方法。」

「原來風見以前也幹過這種事。」

橫井警部在椅子上搖晃他那有一圈肥油的肚子。

「這麼說來，之前你的自白……不，之前你對風見殺害平田妙，並將她偽裝成自殺的詳細證詞，是直接沿用當初他殺害臺灣人時，你自己做的解釋對吧？同一名犯人犯下兩起類似的案件，讓你再度和過去連結在一起。」

「這個嘛，我已經完全不記得之前對您說過些什麼了。不過……如果那是當時我做出的解釋，不管如何都只是一個門人的猜測，不應該在警部您這樣的專家面前獻醜……」

涌井那滿是疲憊的臉龐第一次露出苦笑。

Ⅶ — 月光

—

我當見習士官以及被任命後，長官總是一再叮囑我：「別誤判情勢。」似乎光憑這句話，就能道盡一切跟戰鬥有關的個人倫理了。

確實，這在和平時代也是行得通的重要訓示。但我反倒是因為沒有好好遵守這項金科玉律，而從中得到教訓。無論在戰時或平時，我們每個人生活中應該都有不少因為誤判造成思緒挫敗的案例。

愈是作為一名身處高位、得做出重大決定的偉人，愈需要判斷情勢。然而，一些在世上理應有身分地位的人，不僅會因為決策錯誤而懊惱不已，為旁人帶來困擾，若稍有差池，甚至會害自己無處容身。這種情形時有所見。

不過，我們不應該因此隨意責怪或產生鄙夷。任何人判斷情勢時都可能有失準的時候，一個人下定決心或拿不定主意時，內心想法如何別人都看在眼裡。那是一場災難。我總會對身陷其中的人們寄予同情。

在戰場上，人們有時也會因為誤判情勢讓別人喪命，甚至丟掉自己性命，平時長官們才會不厭其煩強調判斷情勢的必要性。即便是如此也不會一切順利，以戰爭來說簡直是一場災禍。

我所屬的砲兵中隊曾去過湖南的月下鎮（月下鎮為片假名）。在那裡，揚子江支流化為如細微絲綢般的河流，這個村落就位於河中的沙洲上。

作為砲兵大隊的先遣隊，我們從長沙出發前，便聽說原本駐紮在月下鎮的步兵部隊，遭遇幾次敵襲後受到毀滅性重創。裝備不佳的敵人趁暗夜展開襲擊，也有目擊者提到在習慣肉搏戰的敵軍中，有驍勇善戰的士兵手持兩把柳葉刀，像水車般把刀揮舞得虎虎生風，才一眨眼工夫就撂倒一整班士兵。

我們在轉進長沙前也多次遭遇重創，一再改換編制，是一支宛如殘破拼布般的混合部隊。我這支小隊除了東京出身的我之外，還有北海道、九州、朝鮮出身的士兵。雖然我們已經歷過很多苦日子，但每次聽到這樣的傳聞，都會覺得這次可能真的會沒命，而感到情緒低落。

速見中隊以野砲為中心移防月下鎮是七月半的事。[1] 在那之前，我們隊上先派出兩個分隊展開潛伏行動，根據先發隊回報，情況遠比想像中還嚴重。那裡雖然是平地，但有許多砂

1 意指速見上尉帶領的中隊，下文將提及。

丘，無法遠望。儘管地勢不高，不過三面皆被層層疊疊的山巒包圍，山區一帶可說已成為土匪橫行的敵軍據點。

根據先發隊調查，村落的民宅有一半是空屋，留下來的全是個性溫順的當地居民。那座原本充當步兵隊營舍的大民宅，已被破壞得殘破不堪。於是我們以廟宇為中心，用沙包將空屋一帶包圍起來。我們把廟宇當作中隊總部，各小隊則分別住在空屋裡。

這裡與長沙一帶不同，是一處什麼也沒有的荒涼村落，讓人很擔心萬一糧道被截斷會有什麼下場。不過正因為這座村落低調地坐落在砂丘環繞的環境中，很適合悄悄移動前來，建造緊急防備設施，大隊總部應該就是看準這點。可能也因為我們行動謹慎，這項作戰相當成功，我們得以在沒讓敵軍發現的情況下，順利潛入此地暗中行事。

我們度過一個月左右的安穩日子。夜裡，我們派出偵察隊到山腳一帶查探，但沒有人遇見敵軍，也沒看出敵人出現的跡象。也許敵軍在步兵隊撤退後也到其他地方去了，我方在較高的砂丘上配置監視哨，每天晚上都從那裡監視這邊到山腳的平地，一個月以來持續監看這片空無一人的荒涼土地。我們在鬆了一口氣同時，也漸漸開始鬆懈。

「村木中尉。」某天，速見隊長突然說道。「士兵們似乎鬆懈不少，得讓大家繃緊神經才行。」

「是……。」

「我認為敵人撤退了，你覺得呢？」

「似乎不在這附近。」

「但還是不能大意，他們會像海潮漲退一樣說來就來……或許我們得趁現在先重新鍛鍊一下士兵們，明天就開始訓練吧。武器維護做得怎麼樣？」

「當然都有在持續進行。」

「衣服清洗和營內打掃也得指派他們做……士兵是出了名的髒。訓練和適度的休息，對士氣來說是最重要的一環。」

隊長希望自己擁有一支平穩、務實的部隊，誰都這麼希望。但目前在這種地方，還要強迫這支殘破的部隊做什麼樣的訓練？在他們之中，砲兵隊出身的士兵只占三成，再來都是從步兵、戰車兵、補給隊轉調來的補助兵。原本士兵間的樊籬好不容易瓦解，現在又再度築起，不同背景的士兵間開始出現衝突。自暴自棄的老兵訓斥新兵，新兵則又變回原本那如同亡靈般死氣沉沉的態度。不過我實在沒這個自信，提出認為繼續維持現狀比較好的明白主張。

以我的感覺來說，速見上尉讓人有點摸不透心思，但他算是個好人。當時他應該三十四歲，由於身材矮胖，看起來比實際年齡老。他的管教並不算嚴，士兵們對他的評價還不壞。

另外他喜歡喝酒，是一位只要給他酒喝就不會囉嗦的隊長。

想要保有隊上門面是每個部隊共通的心情。訓練和清潔，在沒人注意到的地方一樣打理好一切，這些肯定是美德。但我很清楚士兵們會有何反應。事實上，打從部隊開始訓練第一天起，月下鎮先遣隊的氣氛就大為改變。之前士兵雖然滿身汗水泥濘、忙得一身髒汙，或因為天氣炎熱變得慵懶，但仍舊帶有一絲生氣。現在他們變得乾淨許多，但同時眼神變得無神陰鬱，有人甚至因為瘧疾爆發待在室內休養。

不知道結果會如何，不過我們小隊爆發了來這裡的第一起醜聞，這對我們來說很不幸。某天夜裡，有一名姓小城的一等兵逃跑了。

二

天亮後，我們到山腳一帶尋找小城一等兵。一開始我們以為他可能在村裡某戶人家有了女人，藏身在那裡，但我們的猜測落空了，這下我們勢必得分頭在平地一帶找人。我們展開地毯式搜索，但始終查無所獲。如果平地找不到人，就只能推測他是逃到敵人躲藏的山中。

這比被戰友抓住關進禁閉室還要危險，因為要是被敵人發現，恐怕會慘遭虐殺。

為什麼在這種深入敵區的荒涼地會想逃走呢？實在猜不透小城的心思。砲兵隊裡有很多粗神經的莽漢，與他們相比，補給兵出身的小城給人感覺比較纖細。不過他的個性有點瘋癲，總是嬉皮笑臉的，不像會因為訓練痛苦而逃兵的那種人。

而且他逃亡時，帶走了我的手槍和雙筒望遠鏡，更糟糕的是他還潛入隊長室，偷走速見隊長珍藏的一瓶酒。

我在中隊裡是保守派的軍官，小城的行為讓我顏面盡失。部下逃走前還偷走我的隨身武器，真教人丟臉。當隊長發現他遺失了一瓶酒後整天都不說話，一直到傍晚前，他似乎都在思考該如何處理。後來他好不容易整理好心情喚我過去。

「明天你的小隊再去搜索一次……還有，罰熊田伍長做六十天粗活，明天開始去挖坑。」

熊田是小城一等兵的班長。

「那我……」我戰戰兢兢地問。

「你沒有掌握好部下的情況。重人情不是不好，但得視情況而定……雙筒望遠鏡是你的私人物品嗎？」

「是。」

「你丟掉了一把九式自動手槍對吧？」

「要向大隊報告嗎？」

速見上尉似乎很驚訝，他看了我一眼，沒帶點笑意地說：「去找回來。如果找到就算了。」

我從隊長面無表情的臉上感受到一絲友情，但那或許是我自己的解讀。

可是要吩咐熊田做六十天粗活實在很讓人為難。小城不喜歡訓練是事實，但熊田並不會特別訓斥他。速見上尉身為隊長，這時候會想好好為此事收尾，同時趁這個機會讓士官繃緊神經。我明白他這份用意，但感覺處分過於嚴苛。

盡可能不向外部報告部隊內發生的事，算是一種不成文規定。中隊會自己搞定內部問題，罰做粗活也不算多重的懲戒。但既然上尉想寬宏處理，這種流於形式的做法可說沒半點用處，讓一名士官光著身子挖坑也沒什麼必要。我不覺得這是適當的處置。

當時我還不確定是否應該做出這個判斷，是事後才證實隊長的處置失當。當時我就只是對這件事感到為難。

而實際上熊田伍長也沒接受責罰，因為當晚，速見隊就遭受抵達月下鎮後第一次的敵襲。

那天晚上同樣是沒有月亮的暗夜，不，應該說敵人看準了月出前展開襲擊。由於砂丘上的監視哨偷襲遇害，我們全都遭到襲擊。但我們也機警應戰，幾乎沒讓敵兵進入村內。

戰鬥持續約一個小時，這段時間我幾乎不記得自己做了什麼。被衛兵叫醒後，我大呼小叫、東奔西跑，只和隊長打過一次照面。我已不記得他下達什麼命令，至於我下達什麼命令也不重要了，因為士兵都自行採取行動，會死的人都死了。不習慣前線戰的士兵們表現得可圈可點，他們在那一小時時間裡奮勇戰鬥，擊退了敵軍。

這次我們失去了一成士兵，被帶走一門臼砲。等天亮後我們來到村落外一看，發現在砂丘下方的河流水淺處，有許多敵兵屍體倒臥在那裡。被敵軍遺棄的屍體散落在一整片平地。隔天晚上，敵人再度來襲。天亮後我與隊長商討，決定向大隊總部傳遞訊息。我們派了一名老兵陪同第二分隊長前往報告。當天晚上敵人再次來襲，但接下來第二天與第三天晚上，敵軍都沒有再出現。

歷經三天戰鬥，我方損失兩成兵員。之所以只有這樣的損傷，是因為部隊緊急防備設施建造得很好，敵方火力也不強。不過在傳令帶回命令前，我們不能擅自離開此地，要再等幾天援軍才會抵達。我們無法猜測周邊山區潛藏多少敵軍。速見隊此時情況可說是如履薄冰。

看不出來隊長是沉著冷靜還是想不出主意，他一直都顯得心不在焉。但他基於自身責任，腦中一定不斷苦思該採取什麼態度才會被肯定。隊長應該不太會去思考個人生死，或中隊的安危吧。該如何做才會被誇讚——這是將棋對戰時常出現的用語，軍人在這種情況下心情也是如此。

我對隊長的態度有點感興趣。因為在這種情況下，長官會採取何種做法對我來說也是一種學習。沒想到置身於鬼門關前的部隊，心境竟是如此開朗。士兵們忘了連日疲憊，全力投入改造防備設施。命運會無預警做出決定，是否能保住性命，只有在時機到來時才會知道。只要沒空去思考這個問題就不會太害怕。

敵人停止夜襲後第二天晚上，隊長突然叫我過去，並要我帶熊田伍長一起去隊長室。我們到了一看，其他兩位小隊長已經在那邊與隊長圍著桌子坐。桌上的煤油燈剛點燃火。

「村木中尉，一起喝一杯吧……今晚我們要舉辦酒宴。」

第二小隊隊長杉山中尉和第三小隊隊長妹尾少尉一同望向我，他們似乎也不懂隊長用意。但伙房兵端來一個大盤子，上面擺著蒸雞和燉菜，我們的心情也放鬆下來。雞肉和盤子應該是向民宅徵收來的，食物相當豐盛。

「這是在慶祝擊退敵軍嗎？」妹尾詢問隊長。

「算是啦……辛苦各位了……來，喝吧。」

我們又彼此互望一眼。大家心裡都想，難得有這一桌酒菜就不客氣吃吧。幾杯黃湯下肚後，也漸漸開始有酒宴的愉悅氣氛。

「熊田，你也喝一杯。」隊長朝叫喚站在後面的熊田，遞給他一個茶碗。

「熊田做粗活的懲罰因為不合時機，所以取消了……喂，也給熊田上菜。」隊長向輪值兵下令。

「對了。」隊長突然改變口吻，雙手撐在桌上挺起上身。

「關於逃兵的處分還沒決定。」

我們再度面面相覷，杉山和妹尾都嬉皮笑臉。小城一等兵肯定已經被土匪擄獲拿去血祭，我想隊長應該是打算向上級提出「小城在最近這場戰鬥中戰死」的報告。在這種情況下，這是很適當的慣用手段。但隊長卻說出令人意外的話。

「關於這個問題，我認為是村木中尉的責任。大元帥陛下交給村木中尉保管的武器被人奪走，[2]就算只是一把手槍一樣不能輕忽，不僅如此，」

我心裡納悶，不知隊長到底想說什麼而豎耳細聽。杉山和妹尾都臉色都略微發白地注視著我。

「小城一等兵逃走後，我們中隊突然遭遇敵襲。我們成功潛伏設營，敵人應該還不知道

---

2 大元帥是日本在帝國時代（一八七〇年代—一九四五年）的最高軍階，由國家元首日本天皇擔任。

我們中隊的存在。這件事你們怎麼看？單純只是偶然嗎？」

「隊長是認為小城做出通敵行為嗎？」

「小城可能被俘虜後遭到刑求，向敵軍洩露中隊的所在地和目前情勢。不過我反而認為這是有計畫的行為，其實小城一直在裝傻，是個不知道在打什麼主意的士兵。攜帶口糧、手槍與雙筒望遠鏡或許是在逃亡時會用到，但他偷走酒的用意何在？你們不覺得那可能是他在接近敵人時，用來表示善意或賄賂而特別準備的嗎？小城是共產黨。」

我聽得目瞪口呆。

「眼下如果不逮捕小城，阻斷他通敵的行為，可能會危害到大隊。這樣就不知道我們中隊當先遣隊用意何在了。我們來這裡簡直像為了讓敵人看穿我們的意圖，攪亂我方作戰計畫。我們中隊的責任重大。」

這還是隊長第一次用如此堅決的方式說話，我心裡涼了半截。

「因此我認為……村木中尉如果能明白我說的話，就會自己主動提議。我希望村木中尉負起責任，召募敢死隊。」

「敢死隊……」妹尾少尉像是醉意全消般低語，他的呢喃聲傳入我耳中。

「沒錯，想要逮捕小城就得進入山區，靠近敵方的陣營。只要得知他的所在地，就必須展開奇襲，加以逮捕。木村中尉，就帶一個分隊的人前往那邊如何？因為目標只有小城一人。」

「遵命。」這個以牢靠聲音回答的人不是我，而是熊田伍長。

熊田曬得黝黑的臉龐，在煤油燈光下油亮生輝。

隊長像是感到意外似地抬起頭。

「熊田，你可別誤會喔，我並不是命令你的分隊前去。我也沒指名，這始終都是在召募志願者。人數沒限制，行動就在今晚，兩小時內完成敢死隊編隊待命。出發的時間由隊長判斷。不需要報告。」

我已做好心理準備。隊長如果判斷情勢正確，他要我負起責任或許是對我的施恩。我當自己在喝餞別酒，仰頭將那氣味難聞的濁酒一飲而盡。

三

隊長似乎深信小城一等兵做出通敵行為。聽他的口吻是要我逮捕他，如果無法逮捕就當場格殺，趁早斬斷這個禍根。如此一來讓他逃走的我，就算對大隊盡了一份責任。

「小隊長，你不用去。由我帶敢死隊去就行了。」在返回小隊路上，熊田伍長憤慨地說。

「只讓小隊長你一個人扛責任，這樣太卑鄙了。要說到對整個大隊的責任，中隊長才該負責吧……這件事請交給我辦，小隊長實在沒必要為了這點小事冒這麼大的危險。我會去收拾小城那傢伙……」

熊田與其說是同情我，不如說是他自暴自棄激起悲壯情緒，打算自己一人承擔這一切。他沒能了解隊長的心思。如果是人數近乎一個分隊的敢死隊，實戰經驗豐富的熊田當然有辦法指揮。但隊長看重的是負責人在任務中的重要性。如果熊田能很確實辦妥任務當然最好，但這件事困難重重，隊長不太信任他，擔心他只會隨便應付展開行動，帶回一份很敷衍的報告。就算是敷衍的結果也無妨，但日後他將無法再指派工作讓熊田負責。而如果當事人是我，隊長就能裝作什麼都不知道。他為了顧全我的面子將問題交給我處理，這個藉口能夠成立。

「我很感激你這份心意，但就像隊長說的，這是我的責任。」我對熊田伍長說。「隊長沒說要你負起責任，你不用志願前往沒關係。」

「就算叫我別去，我還是要跟。」熊田仍義憤填膺，倔強地說。「反正我是個單身漢，怎麼樣也死不了。」

我回到小隊後取出編制表，慎重地挑了二十名士兵，叫熊田喚他們過來，再從這些人中召募八名敢死隊的志願者。率先舉手的是兩名北海道人以及兩名朝鮮士兵，接著才陸續有人舉手，最後召募到的士兵全都是自願的。

我讓熊田加入組成十人的敢死隊。我們與站在黑暗中列隊的小隊士兵們道別後，步出臨時營門。天空看起來一副風雨欲來的模樣，從一個小時前開始起風。我們一面提醒彼此別離太遠，一面數著砂丘一一翻越。由於眼前一片漆黑伸手不見五指，肉眼看不見的沙粒朝臉部吹襲，讓人感覺很不舒服，眼睛和嘴巴都不能隨便張開。

好不容易越過最後一座沙丘，來到平坦的地面。我們打算從那裡一口氣向前挺進，抵達在出發前事先決定好要去的山腳那處地點。但可能是那邊地勢低的緣故，漆黑與幽暗支配一切，就連前方那座山的形狀也讓人無從分辨。我們完全不知道該往哪裡走。

敵人停止夜襲至今已過兩晚，但我不認為敵軍已經撤退。待在砂丘地帶對我方有利，而這處平地位於敵人射程內。環繞這裡的山上斜坡處，肯定暗藏著敵軍的機關槍。在這宛如洞穴般的黑暗中，我們連到那座山有多遠距離都不知道。不，在這裡既看不到山，也看不到地面。什麼聲音都聽不到。我們像是變得又聾又盲，呆立在一片死寂中。

「隊長，怎麼辦？」始終待在我身旁的熊田伍長在我耳畔低語。

「大家都別動。」我說。

我極力保持冷靜。這時，突然有人微微叫了一聲「嚇！」

「怎麼了，是誰？」熊田壓低聲音呼喚。

「是敵人。」一開始那個聲音回答。

我大吃一驚，無意識蹲下身。

突然四周亮起來，彷彿天地迸裂般響起「轟～隆隆」雷聲。敢死隊的隊員就像說好似的全都蹲在地上，身影完全在電光中浮現。其中一人跨坐在某個東西上，用盡全身力氣壓制它。閃光亮起的瞬間我才看明白一切，那名被壓制的男子翻白眼的臉離我出奇的近。

壓制住對方的那名士兵也發現了，發出「哇！」的叫聲，往一旁躍開。他剛才使勁按住的是一具被敵方遺棄的屍體。當我們明白此事後黑暗中旋即撲來一陣濃濃的腐臭味。

又一道閃光亮起，緊接著傳來痛快的雷聲。

「趴下！」我低聲發出號令。

「看到了嗎？」我朝緊貼在身旁的熊田低語。「因為四周太暗搞不清楚方位，我們意外來到目的地附近。現在這樣應該看不到山的形狀……等下次出現閃光，我們就跑步前進。」

士兵們陸續低聲傳達我的命令。

我們像在閃光下穿梭般快步奔跑，閃電消失後，我們在宛如黏膠般的黑暗地面匍匐前進，接著又快步奔跑。好不容易我們抵達山腳的樹蔭，在那一帶等候月亮升起，計畫是要深入山區。

在來這裡之前，我們完全沒遭到狙擊，像是傻瓜一般，很賣力地在黑暗中展開演習。

「隊長，很奇怪……敵人已經不在這一帶了嗎？」熊田低語。

「嗯，這裡出奇地安靜……但還是不能大意。」

天空仍烏雲密布，但雷聲已遠去，月亮不知不覺升上夜空，樹叢間微微透著光亮。我們站起身來。

四

接著過了約兩小時，我們這十名敢死隊順著同樣坡道，平安往下來到平地。

我們盡可能試著在山中大範圍走動，但別說敵營了，我們連一名敵兵都沒遇上。隔天天亮後我們再度出發展開調查，結果得知敵方部隊在最後那場夜襲後，大多已從那一帶撤退，似乎只留下一部分的人，但這些人在敢死隊進入山區前就已消失無蹤。我們能從敵人留下的痕跡做出這種推測，最重要的是，我們有一位查探過敵人動靜的證人。那天晚上我們的目的達成了，我們找到逃脫的小城一等兵。

這話聽起來有點蠢，但其實原本我們完全沒想到能找到小城。我和小隊的士兵都不認為小城是有計畫性地通敵。他或許已經被敵人發現並慘遭殺害，如果可以，我們希望能找到他的屍體，帶回他已死的證據。

但小城還活著。我們迷了路誤闖森林，結果在一個洞穴內發現他。事實與速見上尉想的不同，小城沒被敵人發現。他說他在洞穴裡抱著這瓶偷來的酒，每天都迷迷糊糊酣睡，看來他所言不假。比起說他為敵人引路，這樣更像小城一等兵的作風。

我們叫小城帶路一同下山，在仍殘留浮雲，只有中間出現一塊像禿頭圓圈的晴朗夜空，明月高高懸掛，低地的光線明亮。有月亮的夜晚是敵人休兵期間，就算不是如此，我們也知道附近山中似乎已無敵兵。

我們前後包夾小城，像是要散步一樣返回營區，懷著莫名悠哉的心情走向沙丘方向。不知道等我帶小城回去後，隊長會是什麼表情？想到這裡，連我也意識到自己臉上的線條轉為柔和，浮現笑意。士兵們似乎也忘記夜裡一直戰戰兢兢、漫無目的行走累積的疲勞。

「隊長，感覺怪怪的呢。」

突然熊田說道。

「怎麼了？」

「會不會我們在山裡徘徊那段時間，剛好與敵人擦身而過，他們正要對月下鎮展開夜襲？會不會等我們回去後才發現部隊已遭殲滅……」

「別說這種不吉利的話。」

士兵們呵呵笑著。聽躲在山洞裡的小城一等兵說，現在還留下來的敵人似乎只剩少許的殘兵，就算他們攻過來，速見隊也不可能會被殲滅。

深夜時分，月下鎮的村落闃靜無聲，我所屬的小隊徹夜未眠。原本一臉像在守靈的士兵們一見我們歸來，頓時歡聲四起。部隊裡的禁閉室尚未建好，所以小城一等兵暫時先交由熊田分隊看管。

我吩咐大家安靜地前去就寢。決定先不告訴其他小隊這件事，等明天再讓他們大吃一驚。但這週的輪值官妹尾少尉還沒睡，他可能是從營門的哨兵或夜班人員那裡聽聞此事，飛奔而來一把抱住我。他是位兩頰紅潤、朝氣蓬勃的青年。

「我們這就去通知隊長吧。」他說。

「明天再說吧，沒必要刻意吵醒他。」

「隊長好像一直到剛才都還自己一個人在喝酒……就算睡了，這件事也不值得叫醒他。」

我們並肩而行，一路走到隊長室所在的那座充當中隊總部的廟宇。我們以沙包疊起緊急防備用的土牆，將這座廟和幾棟民宅包圍在裡面，打造成一座軍營。

隊長室裡還有亮光。

「打擾了。」我叫喚一聲，推開門。

隊長坐著的桌子後方，窗戶敞開著，月光從窗外照進屋內。窗戶下方是從廟宇外牆到底部，流經砂丘山溝的河流淺灘，整面牆是一片高約兩丈的筆直絕壁。因為這個緣故，月光沒任何阻礙物，顯得無比清亮。

剛才桌上那盞煤油燈仍亮著，微微發出像雞母蟲叫聲般的聲響。隊長他……我突然看到隊長的臉，接著僵立原地。

隊長的臉就在煤油燈旁。他的下巴靠在桌子上，那對圓睜的茫然雙眼在燈光下散發紅光。窗外月光照向他的小平頭，我差點就要向他報告了。但我發現不對勁，大吃一驚。

擺在桌上的，是隊長的人頭。

穿著防暑服沒有頭顱的屍體，就倒在地板上。

我保持鎮定，走進房內。桌上就像用紅色托盤擺了一顆人頭，脖子四周積了一灘鮮血。

我微微傾身，藉著煤油燈的亮光細看，覺得脖子上的切口很眼熟。那是用沉甸甸的柳葉刀一刀斬斷的痕跡，應該是留在山區的土匪中有個勇猛的傢伙，臨走前順便潛入這裡下手行兇。

可能是有一名像中國傳說故事裡的大盜「壁虎」般的傢伙，沿著二丈高的絕壁往上爬、從敞開的窗戶闖入，因為隊長室外應該有夜班人員站崗。隊長可能還沒能發出聲音，就遭人斬殺了。

我在檢視隊長的頭顱和屍體時，全身都起雞皮疙瘩。敵人不是將屍體的頭顱斬斷後擺在桌上，而是在隊長手肘抵著桌子獨自飲酒時，輕盈地爬上窗框，從後面一刀解決他。

被斬斷的頭顱往前掉落，就這樣倒在桌上。隊長身體則擦過桌子邊緣，連同椅子一起倒向地面。就像要證明我這樣的想像很有可能似的，那具無頭屍體的右手，仍握著裝有濁酒的茶碗。

Ⅷ　吃人鬼

—

在新幾內亞島的部隊中，活著返回C基地的只有我和垂水兵長。長達四個月時間，我們的部隊處在孤立無援的狀態，在艦艇火砲與海軍的奇襲作戰下，我們只有挨打的份。敵機會從空中拋灑汽油，再投下燃燒彈。在這種無處容身的處境中，比起敵襲，更可怕的是完全與後方斷了聯繫。自從彈藥糧食的補給中斷後，我們在島上苦撐了四個月。在S島上約有兩個中隊的砲兵留下，布下直擊砲陣地，但其實早已沒有戰鬥力。別說打仗了，連要勉強維續生命都得卯足全力。我們離開島上時並不清楚實際殘存的士兵人數，可能連一個中隊都不到。其中兩個班共二十多人，為了與基地聯絡，在隊長命令下嘗試離開島上。我就是其中一個班的指揮者，垂水則相當於副班長。我們以椰子樹造木筏趁夜離岸，離開島上的人以及留在島上的人，都不認為能再見到彼此。我們這艘木筏載著四名生還者抵達基地，其中兩人上岸不久，便因為營養失調死在野戰醫院。另一艘木筏則是自從在R島岸邊與我們道別後，便沒再出現過。事後我們才知道留在島上的部隊，似乎因為飢餓而全員喪命。

我和垂水從C基地被送往爪哇的Y基地，在那裡的軍醫院住院長達兩個月之久（遭遇這種命運的並非只有R島守備隊，被派往那一帶的部隊無論災情輕重，都面臨同樣經歷。由於考量到這或許會有所冒犯，在此避免明確標示出地名。）

在醫院裡，我和垂水分別住進不同棟病房。過了十天左右，我已能下床在醫院庭園散步，從那天開始我才有活過來的感覺。也就是說，我終於重新擁有做人該有的從容。

我在醫院的庭園散步，心中興起一股難以言喻的奇妙感慨，覺得能活下來真的很不可思議。

約莫半年前，砲兵大隊加上一個工兵中隊遠渡R島。兩個月後，兩個中隊留在島上，其他人則退回C基地。接著才一眨眼工夫……R島的海域馬上被敵方壓制，從此我們展開地獄般痛苦的生活。在前兩個月我們遭受最猛烈的攻擊，島上失去戰鬥力後，敵方就像不時想到一般展開牽制攻擊，而真正痛苦難熬的是接下來的兩個月。

那時糧食庫和兵營一起被炸飛，攜帶口糧早已吃完，R島自然環境中能吃的東西也全被搜刮乾淨、吃個精光，而R島的自然環境十分貧瘠。最後那兩個月與後來坐上木筏那幾天，真的不是人過的生活。可以說我已經完全失去當人的意識。當時在木筏上存活，展開海上漂流的四名士兵，後來被原住民漁夫發現獲救，但回到總隊不久其中兩人便亡故。我能活到最後，只能說是一場奇蹟。

儘管我們一再目睹別人斷氣，往往不覺得自己會那麼輕易死，這似乎是常態。之前一個人一直活得好好的，下一秒突然就死了，我們常有這種目睹他人死亡的經驗，但始終不認為會完全套用在自己身上，總覺得只有自己永遠死不了，似乎會一直活下去，年輕時更這麼認為。但如此輕易的死亡如同家常便飯不斷發生，有了這種體驗，就會被迫明白能倖存的幸運其實沒什麼必然性，純粹是萬分之一的偶然。非但如此，對眾多死者沉重的記憶，只會讓人深切感受到自己的幸運根本虛幻不實，甚至會想，為什麼那時候沒和大家一起死呢？活著反而讓人感到不安。在數百人當中只有自己一個人活下來，這件事讓人感到可怕。

當我好不容易恢復生氣能在醫院的庭園散步，我陷入這種難以言喻的陰沉心境。比起身體的康復，也許精神上的康復遠遠落後許多。

那兩個多月的經歷，就是這麼可怕。

Y軍醫院是一棟外面塗油漆的寒酸木造建築，沒有維護的庭園任憑雜草叢生。先前那幾個月，我一直過著忽視時間的生活，但來這裡後我知道一年又過去了，新的一年到來。雖然是在醫院，院方仍會發送以當地稻米製成的薄片麻糬，低調地慶祝新年。如果是在日本內地，說到新年就會讓人想到下雪的季節，但在赤道的另一頭卻是盛夏時節，草木展現旺盛的生命力到令人厭煩的地步，連這些事都令我莫名難受。儘管如此，當我第一天自己走下醫院庭園時，我還是戰戰兢兢試著走向庭園角落的噴水池。噴水池的水已乾涸，石頭乾得發白。這時，我發現垂水獨自坐在前方尤加利樹下的長椅。垂水似乎比我更早恢復元氣。

垂水一看到我，先是微微一笑，接著似乎跟我說了些話。但我裝沒看到別過臉去，轉身背對他，折返回病房。

當我看到垂水那久違的面孔時，不知道為什麼感到一陣寒意，雙腳無法動彈，很不想和他說話。當時我極度討厭與人接觸，總覺得每個人都用特別的眼神看我，就連接受診治時，即便護士很溫柔對待我，我也很厭煩，感覺他們與我之間彷彿有一道難以跨越的鴻溝。跟我相比，他們是普通人，我像是從死人的國度歸來，屍臭滲進我的皮膚，就這樣走進他們之中。當我看到垂水時，我從他身上清楚看出自己給人的那種討厭印象，他是我唯一的同類。因此我飛也似地從他面前逃開。

還不如跟其他同伴一起死在木筏上，被捨棄在大海，這樣還比較乾脆……當時我常有這樣的念頭。如果當初沒在Y基地發生那可怕的經歷，也許我會將那股無可奈何的陰鬱帶回日本。

二

兩個月後，我和垂水先後出院回歸總隊，但暫時還是能以病患身分到處晃蕩。我被編入總部，在士官室裡無所事事，垂水則是被編入其他中隊，幸好不太會與他碰面。有時在軍營的庭園遇見垂水，他差點要跟我搭話了，我都極力避開他。不過我心裡一直很在意他的事，總是遠遠觀察他。

他和我雖然有同樣經歷，我們外表的特徵卻截然不同。被送往Y基地時，我就像魚乾一樣曬得皮膚黝黑、骨瘦如柴，原本就曬不黑的垂水則是膚色蒼白、體態豐腴。兩個月後又是怎麼樣的情形？我黝黑的膚色還是沒變白，但已稍微長出肉；而相反的，垂水則瘦得像根醃黃瓜。這是我們兩人都重拾健康的證據。

雖然已重拾健康，但總部的生活有我在住院時不知道的全新痛苦在等著我。戰友們對我們在R島上的經歷充滿好奇，想追根究柢問個清楚。我感到厭煩，總是含糊以對或岔開話題，令戰友們覺得很沒意思，對此我也很清楚。

明明歷經九死一生才得以生還，我非但沒露出開心神情，連對這種一般人應該會得意洋洋向人炫耀的稀罕體驗都感到厭惡，不願多談，這不僅激起他們不滿，甚至引來猜疑。他們覺得很不可思議，斜眼打量著我。我感覺那視線就像細針，一再戳刺我的皮膚。

整天關在軍營讓我漸漸感到痛苦難當，於是我志願負責郵務，這樣每天都能外出到鎮上的郵局去。

Y是位於T山山腳的一座貧困鄉下小鎮，完全沒有地方好逛。位於鎮上中心位置的廣場角落，有一棟簡陋的建築，建築前面是市場。每次去郵局回來路上，我都會順道過去看沒必要買的蔬菜和穀物，以及聚在那邊採買的原住民，心靈得到些許慰藉。

某天，我在那邊和穿著防暑衣，手臂上掛著公務證的垂水不期而遇。

「班長，」垂水以昔日叫慣的稱呼叫喚我。那是像在求助的聲音。

「為什麼部隊裡的人都用奇怪的眼神看我們……班長你會不會這麼想？」

「沒這回事吧……是你自己想多了。」我刻意這麼說。「還是說，你告訴大家當時發生的事？」

「怎麼可能……那麼可怕的遭遇，就算跟沒體驗過的人說，也覺得沒意思……重要的是，我根本連想都不願意想起。」

垂水似乎也和這些大後方的人在感受上存有落差。

「與沒有這種經歷的人是無法相互理解的。」垂水流露出親近的眼神。

「班長，」垂水整個人靠了過來。「當初那條足足有兩尺長的竹莢魚跳到木筏上時，真的很開心對吧？」

我們剛好來到魚鋪前。

我差點忍不住露出微笑，但一想到眾人將那條意想不到的幸運海魚生吞活剝後，其中一名士兵突然全身痙攣、嘔吐而死，我忍不住皺眉。

「垂水兵長……當時的事，我們就忘了吧。」我說。

「如果能忘的話，我也想忘啊。」

垂水的語氣略顯反抗。

「班長……我們存活下來何罪之有？活下來有什麼不對？在那三百幾十名R島守備隊員中……以及坐上木筏的十二名千早部隊中，就我們兩人倖存。我們存活下來為什麼不對？我和千早班長你，就是這麼受幸運之神眷顧，不是嗎？」

「但是，沒有人責怪我們存活下來吧？」我臉色凝重地說。

「不……他們看我們的眼神，就像在看懦夫或罪人一樣。認為我們在那種難以存活的情況下，是用了什麼特別的方式活下來。他們很想知道我們是如何活命的，例如我們是不是殺死戰友……」

「別再說了，垂水。」我以沙啞的聲音喊道。

「可是……他們那令人厭惡的好奇心，班長應該也很生氣吧。待在大後方的他們，根本就無法體會我們的辛勞……」

垂水以陰沉的眼神望著市場上陳列的商品說。

「他們整天嚷著待遇不好，就像一句口頭禪一樣，但這裡明明還有這麼多物資。舉例來說，要是當初木筏上有一籠芒果的話，不知道會怎樣。至少能再多兩、三人活命。」

「現在說這種事又有什麼用。不管他們做出何種惹人厭的臆測，只要我們別在意，日後就會忘了。別往心裡去，垂水。」

垂水聽我說完，突然又露出求助的眼神。

「班長……班長你是知識分子，為人冷靜，所以應該看得很清楚吧……？當時的事，我搞不太清楚……那時候我就像發燒昏了頭，做了可怕的夢……班長，我當時做了什麼事，你都看見了嗎？例如我將自己的戰友……」

「別再說了！」我大喊。「你什麼都沒做……別讓留守部隊那些人的好奇刺激你，胡思亂想。」

「說得也是。」垂水一臉狐疑地望著我。「我總覺得，自己當時或許做了什麼可怕的事……

班長，你是否還記得呢？」

「別說傻話了，垂水。因為你還沒忘了當時的恐懼，才會被這些妄想折磨。你精神上的疲憊還沒康復，我也一樣。現在仍不時會做可怕的夢。」

「怎麼樣的夢？」

「我不太記得了。」

「我也會夢見。就像自己真的做過一樣，無比清晰的夢……來聊聊我夢到的事吧。」

「做夢這種事能有什麼好聊的，這種事還是早早忘了吧。而且聊這種無聊的事，只會引來別人無謂的揣測，還是別這麼做比較好。」

我以既像安慰又像訓斥的口吻說道。

三

自從我在市場和垂水相遇後，我們又開始說話了。雖然我還是很不想和他講話，但覺得如果放著垂水一個人不管會有危險。我和垂水在總隊裡都處於孤立的狀況，在眾多同伴中只有自己孤單一人，像垂水這種重感情的人一定無法承受。

為了讓情緒容易激動的垂水平靜下來，我一一反駁他說的話，但其實心中對他的話深有同感，因為我和他體會過同樣的恐懼，為了同樣的不安而戰慄，但我必須冷靜行事。要是放任他處在這種危險的情狀中，我自己也會有危險。

我開始認真思考有沒有什麼方法能安撫垂水的情緒。像這種時候，最有效的良藥就是女人。我想起垂水曾經有位相好，名字好像叫瑪雅，很早以前就認識垂水。

我們部隊在兩年前移防Y鎮，當時瑪雅蹲在市場地上賣米。她的腰間纏著花朵圖案的紗籠，[1]秀髮上插了一朵朱槿。當路旁的火焰樹綻放鮮紅花朵時，印尼女性顯得特別美豔。

瑪雅白天是市場裡的小販，但她也做「晚上的生意」。她在士兵之間頗受歡迎，不知道從什麼時候開始成了垂水的女人。瑪雅與垂水認識後，就改在秀髮上插白色茉莉花，晚上都不在外面走動。

我們前往R島後就沒有瑪雅的消息了，經這麼一提才想到，我在Y鎮似乎沒看到瑪雅的身影。要是有瑪雅在，垂水的心境應該也會平靜許多吧，瑪雅到底去哪裡了？垂水過去是那

---

1 紗籠是盛行於東南亞一種類似筒裙的服裝。

麼喜歡瑪雅，我不認為他已忘了她。於是某天我攔住垂水試著問他。

「喂，垂水，瑪雅現在過得如何？」

「瑪雅是嗎……她去M港了。瑪雅的故鄉是M鎮。」

垂水就算談到瑪雅，也沒顯得比較快樂。明明是他的老相好，臉上卻沒半點笑意。

「不過，你為什麼會知道瑪雅的消息？」

「是瑪雅的朋友莎拉告訴我的。」

「如果是M港，從這裡搭河船到得了。你要不要去一趟？我會幫你找個理由。」

「不，沒那個必要。因為再過十天左右，瑪雅應該就會回到Y鎮。」

M港位於M河的河口。在Y市場販售的魚獲，都是從那裡用河船運來。總之，一聽到瑪雅會回來，我鬆了口氣。

但我也不能老為垂水擔心。雖然我在他面前表現得若無其事，但其實我對自己的精神也沒什麼自信。既然瑪雅會回來，垂水的事姑且可以放心，接下來我得讓自己的情緒平靜下來，多增添自信。

最近不光是部隊裡的同袍，就連走在鎮上，感覺原住民一看到我，似乎也都會擠眉弄眼地竊竊私語。我獨自去餐飲店喝酒時，店內的角落也會有不安的眼睛在打量我。某次有位女服務生與我目光交會，馬上雙手發顫，手中的酒都灑了出來。

「怎麼了，我那麼可怕嗎？」

我不自主變得情緒激動，猛然將杯裡的酒潑向女子紗籠上方那對堅挺的乳房。

我做了這種事，恐怕會比垂水更早發瘋。無論是軍營內還是鎮上，都沒有能夠讓我靜心的地方。

這時，我想起在離Y鎮三公里遠的地方有座公共澡堂。澡堂老闆是一位在M港設店的貿易商，記得是位姓陳的男子。以前我假日時常會去那裡泡澡與午睡，也和老陳見過一、兩次面。如果能在那裡悠哉地泡澡，我煩躁的心情或許會得到些許療癒。澡堂對士兵來說價格貴了點，而且交通不便，部隊裡的人向來不太去，這樣對我來說正合適。

我離開軍營一段路後，轉往那個方向而行，請路過的軍用貨車讓我搭便車。去到那裡一看，澡堂果然還敞開大門做生意，替我端茶、整理躺椅的服務生也都和以前一樣，但客人只有我。

就算是從貧困的Y鎮去到那一帶，感覺還是很偏遠。我泡過微溫的熱水，躺在躺椅上。雖然沒睡著，心情感覺放鬆了一些。不管如何，模仿和平悠哉的時代令人心情愉悅，加上這微溫的熱水，似乎對我疲憊的腦袋頗有療效。

憑我身為軍曹所領的薪俸，要到這裡泡湯療養還是略嫌奢侈。隔了五、六天後，我才再度前往，並與老陳碰面，那裡一樣只有我這名客人。我聽到走廊上有人大聲跟服務生說土話，就知道是他來了。

老陳已備好茶等我泡完澡起身。他似乎是中國人，待人很親切。

「班長，聽說您從新幾內亞回來，見您一切安好，真是太好了。」

年輕時待過長崎的老陳沒忘了日語，說得相當好，我一樣含糊回應。老陳說，前些日子他才從M港回來，因為戰爭緣故，他從事的雜貨進口生意沒辦法做了。這座澡堂原本也是半當興趣在經營，但現在客人減少許多，幾乎與歇業沒兩樣，令他一籌莫展。飛行隊的人打算將這裡改建成軍官宿舍，問他願不願意賣，因此他打算出售。

不久之後，我在老陳眼中也開始發現那令人厭惡的眼神。

某天，他請服務生端來一盤芒果，一邊請我吃一邊開口說：「聽說芒果的味道像人肉，不知道是真是假……我沒吃過人肉所以不知道。」

他的嘴角莫名其妙輕揚。

「不過，聽說我國以前發生大饑荒時曾留下吃人肉的記錄……據說膚色黑、肥胖、年輕的女人，肉質最可口。」

我猛然站起身，老陳大吃一驚向後躍開。他望著我，臉色蒼白，頻頻向後退。確實，我突然火冒三丈，很想一把揪住老陳將他痛毆一頓。但我壓下這股衝動，接著飛也似逃離澡堂。

四

我頭也不回朝Y鎮方向走去。為什麼會突然生氣，我自己也不知道。老陳說的那些話或許只是閒聊沒特別含意，但我就是升起一把無名火，很想找個對象好好宣洩這股怒氣。

我來到M河畔。M河悠悠流向大海，若沿河而行就能去到Y鎮。我從零亂的椰子小屋比鄰而建的村落走過，這時，我看見一名女子站在一棟小屋前。雖然她是原住民，但膚色白皙，是位身材豐腴的女孩。我停步腳步，看著女子。

「班長……」

「是莎拉嗎……？這是妳家？」

女子點點頭，我將她推向一旁，緩緩走進小屋內。小屋裡沒人，原住民貧窮的生活樣貌毫不保留地映入我眼中。我抓住從後面走來的女人肩膀，一把摟了過來。

「莎拉……和我上床吧。」

我伸手搭向女人的紗籠，那粗暴的情緒還沒從我心中化去。

「班長，不行啦。」

但女人卻自己把紗籠解開。我不懂她為什麼突然做出這種舉動，緊接著，一股酥麻的感覺傳向四肢，女子那宛如夢囈般鼻音濃重的聲音，開始在我耳畔搔癢。這時有人來到門口叫喚女人的名字。

「莎拉……」

莎拉的手臂仍勾著我的脖子。她緩緩坐起身，以紗籠圍住她微凸的下腹，眼中流露歡愉的亮光。

莎拉起身前往開門，一名抱著嬰兒的女人出現在她面前。

「瑪雅……」我叫道。

「瑪雅，妳回來啦。」莎拉說。

「這是垂水的孩子……」

瑪雅到M鎮產下垂水的孩子，平安生產後再度回到Y鎮。瑪雅變得憔悴許多，渾身散發成熟之色。那名剛出生的孩子是個女嬰，儘管看過長相，我還是無法分辨孩子是否長得像垂水，也不知道瑪雅生下垂水的孩子是否能得到幸福。但在看到孩子的瞬間，我心中升起一股暖意，有種難以言喻的喜悅。莎拉也靠在我身上，開心望向瑪雅臂彎裡的嬰兒。

「垂水知道瑪雅回來了嗎？」我這才注意到這件事，如此詢問。

「不……還沒……」

「好，那我去通知他。」

我衝出莎拉的椰子小屋去到M河畔，飛快地走著，彷彿河流在催促我加快腳步。當我抵達部隊時，已經滿身大汗。

我前往垂水所在的中隊，攔住垂水班上的士兵詢問，得知他不在隊上。

「他去哪裡了……」

「被帶往憲兵隊了。」

「什麼？」我大吃一驚。

「垂水他做了什麼嗎？」

「也不算是什麼大事。」那名士兵嬉皮笑臉地說。「他在鎮上毆打軍方的職員。」

「毆打軍方的職員……」

「對……是名新聞記者。」

「為什麼垂水要毆打那名新聞記者？」

「是，聽說是因為那名新聞記者當著垂水兵長的面，說前往新幾內亞R島的士兵吃了戰友的人肉。」

我當時肯定大為光火，漲紅了臉。

「你這傢伙！」

我忍不住賞了對方一記耳光，那名士兵嚇了一跳。

「那不是我說的。」

「我知道……」我在那名士兵面前低下頭。

他忿忿不平地斜眼看我。

「垂水這樣會惹上麻煩嗎……」

「這個嘛……我認為不會有事。剛才小隊長去領他回來了。」

「是嗎，謝謝你。」

我垂頭喪氣地返回士官室。就像那名士兵說的，就算軍人毆打軍方職員，也不會遭受多嚴重的譴責，應該只會被訓斥一句「別那麼緊繃」，然後笑著被送回來吧。但這次事件我總覺得不會就這樣算了，情況對我們不利，感覺我們像是中了詛咒，大家都很憎恨我們。

果不其然，垂水費了一番工夫才獲釋。起初報導班的人員因為亂散播謠言被狠狠訓了一頓，後來負責盤問的憲兵伍長說了些話，讓垂水聽了很不順耳，出言指責對方，而影響憲兵隊的自由心證。最後垂水還是回來了。

垂水一看到我馬上飛奔過來，向我大吐苦水。

「他們根本就把我們當成妖怪看待啊，班長……都是因為那群報導班的混帳，四處散播不實的謠言，真不應該。」

我對垂水說的話深有同感，但我刻意壓抑自己。

「你蒙受了惡劣的不實揣測……真的會很生氣。不過只能說你太不走運，就算你想反擊也無濟於事。那就像野火蔓延，你沒有辦法阻止，除了忍耐沒別的辦法，忍耐是唯一的解決之道。」

我卯足了勁說道，就像要說服自己一樣。

「忘了這種不愉快的事吧。對了，有個好消息要告訴你。瑪雅回來了。」

「瑪雅……」垂水以茫然的眼神望著我，彷彿我說的話沒有清楚傳進他耳中。

「班長……我們那時候是不是做了什麼？你是不是親眼目睹我做出像惡鬼般的行徑？班

長，請告訴我。」

垂水突然浮現可怕的痛苦表情，我忍不住把臉別開。

「別說傻話。我不是說過很多遍了嗎？沒這回事。更重要的是瑪雅回來了，你快去見她吧。瑪雅生下你的孩子回來了。」

「瑪雅……生下孩子……」垂水眼中終於浮現驚訝之色。

「瑪雅終於生下孩子了……」

他因為喜悅而笑逐顏開，我也跟著笑了。

我們一起齊聲大笑，笑得像發狂似的愈來愈大聲。待我回過神來，我發現垂水雙手抱頭大喊。

「瑪雅生下孩子了……生下吃人鬼的孩子。」

「傻瓜，別亂說！」

我抓住垂水的肩膀用力搖晃，打了他一拳。儘管垂水倒在地上仍大叫不止，我一時失去理智朝他又踹又踢。垂水在地上打滾，但依舊放聲哭喊不肯停歇。

不過，在實際看到自己孩子的臉之後，垂水的心情似乎平靜下來了。每天只要一有時間，他都會到瑪雅家去。

我很替他開心。但垂水白從與報導班人員起衝突後，我感覺部隊的士兵以及鎮上的人們看我們的眼神似乎變得更加鄙夷。

雖然周遭都是這種令人難受的眼神，之後數日，垂水似乎都過著一家和樂的和平生活。緊接著在那之後，發生了一起可怕的事件，從此為垂水的幸福劃下休止符。

那天是部隊的休假日。瑪雅將嬰兒交由垂水照顧，去市場買晚餐的食材。當她回家後，在小屋內不見垂水和嬰兒的蹤影。但爐子點燃了火，火上擺著一口大鍋，所以她知道垂水並未走遠。大鍋裡發出熱水沸騰的咕嚕咕嚕聲。

瑪雅不經意掀起大鍋鍋蓋，緊接著，瑪雅口中發出駭人的尖叫聲。只見在大鍋裡，瑪雅的嬰兒趴著浮在水面，因為沸騰的熱水微微左右搖晃。

這時垂水才不疾不徐走進屋內，嬰兒當然不在垂水手中。兩人四目相交後，垂水以黑暗的眼神凝睇瑪雅雙眼，瑪雅突然全都明白了。她也聽過鎮上傳聞。R島守備隊的駭人傳聞在M港經過人們口耳相傳散播開來，但瑪雅之前一直不願相信。

瑪雅口中迸出不像是人發出的怪異叫聲，她衝出小屋，喊叫拉出長長的尾音。瑪雅衝向莎拉的小屋，但莎拉不在家，於是她跑向河邊再也沒有回來。

椰子村的居民看到瑪雅邊跑邊叫的模樣，覺得很奇怪，而前往瑪雅的小屋查看，結果發現垂水一臉茫然呆立在小屋中央。他感覺到聚集在門口的人群而回過頭，接著從大鍋裡一把抓起那怪異的東西，小心翼翼夾在腋下，猛然往外衝。

「是嬰兒！」有人用土語喊道。

眾人大吃一驚，呆立在原地，接著人們你一言我一語，像發狂似地放聲叫喊，開始朝他身後追去。

垂水一路跑到M河畔，使勁將那五體俱全的嬰兒屍體朝河心拋去。事後部隊士兵接獲通知前往查看，發現垂水遭人用一把像耙子的工具刺中背部，倒臥在河邊，已經斷了氣。

這起駭人的事件還有後續發展。事發過後，我身為R島唯一的生還者，被送往J地區的軍司令部，針對R島守備隊最後的狀況接受盤問。

垂水被虐殺對我的精神也帶來很大震撼，我似乎不時會脫口說出莫名其妙的話。軍方用河船將我送往港口，在那裡搭乘海防艦。我在那裡等候海防艦入港期間，如果沒有遇見莎拉，也許會維持當時的精神狀態，像個廢人般度過餘生。

那天莎拉悄悄來到M港，完成垂水兵長的託付。莎拉淚眼漣漣向我說出始末，我這才明白垂水那古怪的想法。

垂水很疼愛瑪雅生的孩子。他害怕孩子日後會背負「吃人鬼之子」的汙名，於是心生一計，找莎拉商量。

垂水趁瑪雅外出時偷偷將孩子帶走，請莎拉在M港養育這孩子，別讓人發現。Y鎮位於T山山腳，是一個鄉間小鎮，山上猴子不時會下山到民宅庭院。垂水捕獲一隻跟嬰兒差不多大小的猴子，也就是說他想利用吃人鬼的傳聞，以猴子當替身，讓人以為他吃了嬰兒，實際是將嬰兒託給別人當自己的孩子養育。

就算跟瑪雅商量這件事，她恐怕也不會答應。為了讓計畫成功，一開始連瑪雅也要一起騙才會逼真。想出這個方法的垂水，當時腦袋或許已經有點不正常。

然而當我聽莎拉講出這個祕密後，我心中深受感動，一方面想：這傢伙怎麼會想出這個餿主意，另一方面垂水為了讓孩子擺脫汙名，不惜犧牲性命安排如此魯莽的計畫，他這份心意深深打動了我。可以說我是在聽了這段話後，才終於恢復正常。

我前往J司令部，在心中立誓，一定要抬頭挺胸做出聲明。就算日後讓世人知道莎拉養育的孩子是垂水的孩子，我也不能讓孩子背負吃人鬼之子的汙名。我打算在調查官面前說清楚，R島的士兵雖然受盡飢餓逼迫，但別說戰友的肉了，就連敵軍的肉也不屑一聞。當那艘髒汙的海防艦出現在M河口時，我已保有一顆平靜的心。

Belong 15

華麗島志奇

華麗島志奇

作者——日影丈吉
譯者——高詹燦
執行長——陳蕙慧
總編輯——張惠菁
責任編輯——宋繼昕
行銷總監——陳雅雯
行銷——趙鴻祐、張偉豪
封面設計——朱疋
排版——宸遠彩藝

出版——衛城出版／左岸文化事業有限公司
發行——遠足文化事業股份有限公司（讀書共和國出版集團）
地址——二三一四一 新北市新店區民權路一〇八－三號八樓
電話——〇二－二二一八一四一七
傳真——〇二－二二一八〇七二七
客服專線——〇八〇〇－二二一〇二九
法律顧問——華洋法律事務所 蘇文生律師
印刷——呈靖彩藝有限公司
初版——二〇二三年八月
定價——四二〇元

國家圖書館出版品預行編目資料

華麗島志奇／日影丈吉著；高詹燦譯.
－初版.－新北市：衛城出版：左岸文化事業有限公司發行，2023.08
面； 公分.--(Belong；15)
ISBN 978-626-7052-86-0（平裝）

861.57 112007854

ACRO POLIS 衛城
EMAIL acropolismde@gmail.com
FACEBOOK www.facebook.com/acrolispublish